SILENCIO

Thomas Le Petit-Corps

SILENCIO

ÉQUATEURS

ISBN 978-2-3828-4250-8.

Dépôt légal : octobre 2022.

Librement adapté du podcast « Silencio »

170 *bis*, boulevard du Montparnasse, 75014 Paris.

editions-des-equateurs@orange.fr
www.editionsdesequateurs.fr

Aux amis, pour les rires et l'ouverture d'esprit.

À la famille, pour les voyages et l'inspiration.

À elle. Tout simplement.

1

Paris, 18e arrondissement, 19 heures

E
ll ait.
Le p ait.
le sava t, elle s de nouveau
vulnér ouveau sou la dict convoitise,
du et du c risme. Elle pouvait plus. ne
oulait plus. ’être qu’un antin, un simple eur pour
n
algorithme çu our la manipuler lui ollait des nausé Ça y
est Ça arrivait.

Le Silencio se dissipait. Petit à petit, son cocon de tranquillité se craquelait, laissant les murmures de la rue se frayer un chemin jusqu’à elle. Plus nombreux, plus proches, plus menaçants. Malgré l’habitude, ce retour à la réalité était toujours un supplice. Un supplice qui empirait avec le temps. La boule dans son bide enflait au même rythme que la rumeur. Les bouffées de chaleur arrivaient juste après. Puis, cerise sur le gâteau du stress, la sensation d’étouffer. D’être si comprimée par ce bruit, ce monde, que respirer devenait impossible.

La foule avançait, insidieuse, tel le serpent enserrant sa proie pour une ultime étreinte. Il fallait reprendre le contrôle. Les derniers effets de la pilule avalée quelques heures plus tôt ne tarderaient pas à disparaître, hors de question de craquer. Pas cette fois. Elle s'appuya contre un mur crasseux, ferma les yeux et se remémora les strophes de ce poème de Maurice Rollinat appris par cœur :

Le silence est l'âme des choses
Qui veulent garder leur secret.
Il s'en va quand le jour paraît,
Et revient dans les couchants roses.

Il guérit des longues névroses,
De la rancune et du regret.
Le silence est l'âme des choses
Qui veulent garder leur secret.

À tous les parterres de roses
Il préfère un coin de forêt
Où la lune au rayon discret
Frémit dans les arbres moroses :
Le silence est l'âme des choses.

Une fois, deux fois, trois fois. Son rythme cardiaque diminua. Les tremblements cessèrent. Sa poitrine put se soulever de nouveau.

Au moment où Natsé rouvrit les yeux, le vacarme de la rue explosa. Le rugissement des moteurs. Le martèlement des pas. Les conversations des passants. Les sonneries des portables. Les klaxons des bagnoles. Le cri des cyclistes. Et les spots de pubs. Partout. Pour tous. Tout le temps. Les villes saturées étaient devenues de véritables champs de bataille, où les annonceurs se livraient une guerre sans merci pour accaparer l'attention de ces consommateurs potentiels.

Et ce n'était pas tout.

Natsé s'adressa à son assistant vocal :

— Sia, active le brouillage publicitaire.

Via l'implant sous-cutané logé derrière son lobe gauche, une voix féminine retentit, tentant désespérément d'imiter le naturel humain :

— Brouillage activé.

Elle avait passé des mois à mettre au point ce petit bijou de technologie. L'implant connecté était une avancée récente et peu avaient franchi le pas. Nuit et jour, ligne après ligne, elle avait codé cette extension numérique d'elle-même. Intraçable et bien plus efficace que les implants vendus sur le marché, Sia lui permettait d'accéder à tous les réseaux dont elle avait besoin, à toutes les applications, à tous les logiciels. C'était son binôme, son partenaire, et elle en était venue à chérir sa présence comme celle d'un ami. Régulièrement, elle l'agrémentait de nouvelles fonctionnalités. Ce brouilleur de pubs, sur lequel elle travaillait depuis des semaines, était sa dernière mise à jour. Natsé était l'une des rares hackeuses de la capitale capable d'obtenir ce résultat. Pour elle, réussir à faire taire les annonces personnalisées qui se dressaient sur sa route était devenu un besoin vital. Une condition *sine qua non* pour sortir de chez elle. Bien sûr, même si son programme en écartait la majorité, certaines pubs parvenaient à passer. Car les marketeux aussi avaient leurs petits génies de l'informatique. Payés grassement pour occuper les temps de cerveau disponibles.

À peine Natsé eut-elle repris son chemin qu'un hologramme lui fit signe. Sous les traits d'une mannequin à la silhouette athlétique, il vantait les mérites de ces nouvelles barres énergétiques. **[Pour une forme olympique, testez nos protéines synthétiques.]** Elle accéléra le pas, mais un feu rouge stoppa sa course. Le flux des voitures et des deux roues en tous genres se déversait dans le boulevard quand une voix langoureuse sortit du poteau tricolore. **[Strap'Phone Palladium, encore plus grand, encore plus performant. Avec le dernier Strap'Phone, devenez important.]** Feu vert. Natsé traversa la rue Ordener pour basculer de Barbès à Ornano. La foule s'épaississait, l'obligeant à lutter pour remonter ce courant déchaîné. Bousculades, coups de coude, coups d'épaule. Au niveau de la station Simplon, un Uber-Bus la dépassa. À l'arrière du car, une affiche 3D faisant la promotion d'un fast-food bugga sous l'effet de son appli de brouillage. **[Venez comme des bêtes.]** Natsé bifurqua à droite, puis tout de suite à gauche pour rejoindre la rue Jesselyn-Radack. Elle la longea sur deux cents mètres et arriva à sa destination.

L'immeuble aux briques orangées était un ancien atelier de la RATP. Vestige d'une époque où l'État avait encore un rôle à jouer en matière de transports publics. Début 2030, à force de lobbying et de connivences, les grosses boîtes avaient convaincu de la nécessité de privatiser le secteur. La com' de ces entreprises était si bien rodée qu'elles étaient parvenues à se faire passer pour les chevaliers blancs volant au secours d'un service en perdition. Soucieux d'économiser le moindre denier, le gouvernement de l'époque avait accepté sans trop de difficultés. Mais très vite ça avait déchanté. La hausse des tarifs fut telle qu'en moins de quatre ans le métro était devenu un luxe. Et ses usagers les plus fauchés, les sans-abri en tête, s'étaient fait éjecter. Rapidement, les lignes du nord de la capitale furent désertées, et donc moins entretenues, tandis que celles des beaux quartiers prospéraient toujours. Galeries aseptisées, pubs Chanel, Dior et Gucci, odeurs de lavande... ces couloirs s'étaient transformés en vrais petits ghettos de riches souterrains. Exhiber son pass Navigo revenait à se pavaner avec une bague Cartier au doigt.

Les employés de la RATP s'étaient fait remercier, au profit de contrôleurs indépendants œuvrant sous le statut de la microentreprise. Sans salaire fixe, sans assurance, sans couverture maladie, sans possibilité d'ouvrir sa gueule. La flexibilité avait un prix, celui de la précarité. La plupart des bureaux avaient été détruits pour reconstruire plus grand, plus neuf, plus « intelligent ». L'endroit où Natsé avait rendez-vous était l'une des rares exceptions. S'il tenait encore debout, c'était grâce à la rapidité d'une bande de squatteurs du 93. Le soir du départ des employés, ils avaient investi les lieux pour ne plus jamais en repartir. Brigade anti-drones, système d'indépendance énergétique, roulements pour les tours de garde, les flics avaient vite compris qu'ils étaient tombés sur des têtus. Les tentatives d'expulsion avaient été aussi nombreuses qu'inutiles. Après plusieurs humiliations, le gouvernement avait opté pour la stratégie du « laissons-leur ce taudis pour canaliser tous ces fouteurs de merde au même endroit ». La rumeur courait qu'à chaque mention de cet échec le préfet de Paris ne pouvait s'empêcher de ronger sa casquette.

Sobrement rebaptisé l'ACAB Palace, sa mauvaise réputation, jamais démentie par ses occupants, en faisait un îlot de calme dans ce brouhaha incessant. L'endroit autogéré accueillait des sans-papiers, initiait des projets culturels et proposait des repas à prix libre pour les plus démunis. On pouvait boire un coup sans être filmé, analysé, archivé, et les drones de la flicaille se faisaient caillasser s'ils approchaient. Natsé, elle, venait y rédiger ses piges et y passait le plus clair de son temps.

Canap' en palettes, tables disparates et tapis de récup' habillaient la pièce principale. Sur les murs de contreplaqué, les stickers de groupes locaux côtoyaient les tracts militants. Un comptoir de bric et de broc trônait au fond de la salle. Au-dessus, dans un cadre bariolé, était affiché le règlement du palace. Car, comme le disait ce bon vieux Proudhon, et comme tentaient de le faire oublier la plupart des détracteurs de cette idéologie, l'anarchie c'était bien l'absence de pouvoir, mais avec de l'ordre. Respect des autres, quels que soient leurs croyances, leurs genres et leurs sexualités ; don de son temps pour faire vivre le lieu ; n'y convier que des personnes capables d'honorer ces deux premiers points, constituaient les principaux piliers de cette charte.

Natsé scruta les environs et reconnut quelques visages familiers. À l'autre bout de la salle, une main se leva.

— Nat ! J'suis là, ramène-toi !

Elle se fraya un chemin jusqu'à l'homme à la tignasse brune et bouclée qui la dévisageait de ses yeux noisette. Le sourire mutin qu'il esquissa en la regardant s'approcher faisait réapparaître ses traits d'enfant qui ne l'avaient jamais vraiment quitté.

— Salut Éli, la forme ?

Son collègue, un quarantenaire qui en faisait trente, lui répondit d'un ton exagérément enthousiaste :

— Je t'attends depuis deux heures, mais carrément ! Ça va, ouais !

Natsé le regarda d'un air amusé. Éli gérait Mili'Press, la plateforme d'info pour laquelle elle bossait. Mais, avant de le voir comme un collègue et un mentor, elle le considérait surtout comme un ami. Et vu les piques qu'ils se lançaient au quotidien, c'était réciproque.

— Désolée, j'étais complètement charrette, se défendit Natsé.

— Complètement charrette ? Vraiment ?

— Tu connais ma passion pour les expressions en voie de disparition.

— Une vraie petite archéologue de la langue française.

— Bon, je ne traîne pas. J'ai un rendez-vous de l'autre côté de Panam' et je suis déjà à la bourre.

Éli haussa les sourcils, accentuant son air taquin :

— Un rendez-vous ? À cette heure-ci ?

Natsé ne put s'empêcher de rire devant l'expression puérile de son collègue.

— Ahah, commence pas !

— Ah ! s'exclama-t-il. Il y a donc du scoop dans l'air !

Voulant changer de sujet, Natsé sortit une clé USB de sa sacoche.

— Tiens, voilà ma dernière version pour le reportage de demain.

— Hmm... Très bien. On reparlera de cette histoire de rendez-vous plus tard.

Éli saisit la clé et retrouva son sérieux.

— Elle est cryptée ?

— Non, non, j'ai tout laissé comme ça, se moqua Natsé. Tant pis si quelqu'un tombe dessus.

— OK, OK. T'as réussi à trouver ce que tu voulais du coup ?

— J'ai bien galéré, mais j'ai fini par choper une meuf qui fait partie du Grand Effondrement.

— Elle a bien voulu parler ?

— C'était compliqué, mais je lui ai garanti un anonymat total et envoyé l'article avant de te le filer. Mais tu vas voir, ce qu'elle raconte sur cette secte est complètement barré.

— Ça m'étonne pas. Ils multiplient les actions violentes, persuadés que la seule solution face à l'urgence climatique est de faire disparaître l'humanité.

— Pas sûr que Servigne avait prévu ce genre de dérives quand il parlait de collapsologie il y a une vingtaine d'années.

— Je te confirme, rétorqua Éli, songeur.

Natsé lui décocha un clin d'œil :

— Tu liras ça dans l'article. Bon et tu bosses sur quoi toi ?

— Tu vas encore te foutre de moi, mais je suis toujours sur...

— Le BlackNet ! s'exclama-t-elle en terminant sa phrase.

— Bingo !

— Quand est-ce que tu vas te décider à lâcher l'affaire ? plaisanta Natsé.

— Tu peux te moquer, mais je sais qu'un jour j'arriverai à trouver qui sont ces mecs.

— Ce qui est sûr, c'est que vu comment tu galères ils ont l'air bien planqués !

— Très drôle.

La bénévole de service au bar s'approcha de la table :

— Vous voulez boire quelque chose ?

— Nat, tu prends un truc ?

— Non, je dois vraiment y aller.

Joignant le geste à la parole, elle fit glisser sa chaise sur le carrelage et se leva. Éli l'observa, un rictus au coin des lèvres.

— Ah oui, ton... « rendez-vous », fit-il en mimant des guillemets.

— Gros lourd va !

Le journaliste éclata de rire, tandis que Natsé quittait la pièce.

Dehors il faisait déjà nuit, mais la température ne fraîchissait pas. Ne fraîchissait plus. Natsé distingua son reflet dans la vitrine d'un commerce. Elle rajusta brièvement l'une de ses boucles brunes tout en s'adressant à son IA :

— Sia, trace l'itinéraire le plus court jusqu'à République.

L'assistant émit son *bip* caractéristique :

— Itinéraire calculé.

En rejoignant les grandes artères, la cacophonie de la rue reprit de plus belle. Mais, cette fois, Natsé parvint à la supporter. Son rancard l'attendait et cela lui suffisait amplement.

2

Nanterre, siège de l'Ordre Français, 23 heures

Assise derrière son bureau, tête baissée et sourcils froncés, Andréa Salvény annote un document en triturant l'une de ses mèches couleur miel. Derrière elle, une bibliothèque au design moderne accueille une centaine d'ouvrages allant du *Camp des saints* à *La France interdite*, en passant par *La Cause du peuple*. À côté, emmanché sur un porte-drapeau, un tissu bleu-blanc-rouge dissimule une partie des titres.

Deux coups discrets frappés à la porte viennent briser le silence. D'une voix sèche, sans quitter ses notes, Andréa ordonne d'entrer. Lorsqu'elle relève la tête, elle pose sur son visiteur un regard étonné.

— Depuis quand tu t'annonces avant d'entrer, toi ?

Jack Evans prend place dans l'un des deux sièges en cuir situés devant Andréa. Celui de gauche. Toujours. Il ouvre le bouton de sa veste et ajuste ses lunettes cerclées avant de croiser ses mains sur ses genoux. À trente-deux ans, Evans est le bras droit de Salvény. Cet ancien normalien, passé par les bancs du prestigieux Imperial College, est un stratège hors pair doublé d'un communicant redoutable. Chacune des actions qu'il entreprend est étudiée avec le plus grand soin pour déstabiliser le camp adverse. Camp qui a tenté de le recruter à maintes reprises, permettant à Jack d'en tirer le maximum d'informations sans jamais rejoindre leurs rangs.

— Tu sais ce que c'est, on essaie de se plier au protocole, répond-il d'un ton maussade. C'est important d'afficher son respect envers la tête du parti.

Andréa émet un rire sarcastique en le regardant fixement.

— T'as raison. Le protocole, y a que ça de vrai.

Les deux amis se dévisagent une poignée de secondes. Seul le bruit des pneus roulant sur la chaussée en contrebas résonne dans la pièce. Jack finit par rompre le silence.

— Tu voulais me voir ?

Andréa quitte son fauteuil et fait le tour de son bureau. Elle jette un bref coup d'œil à la baie vitrée donnant sur la rue et s'avance vers la console en demi-lune sur laquelle trônent plusieurs bouteilles de spiritueux.

— Je te sers un verre ? Un petit Dalmore ? Il est délicieux.

— Je te remercie. J'ai encore du boulot.

— Je t'ai connu plus festif.

Depuis quelques semaines, Andréa a pris l'habitude de s'offrir un whisky le soir venu. Si on lui avait dit ça trois ans plus tôt, elle se serait marrée. Grandir avec une mère toxico a longtemps nourri son aversion pour les substances addictives. Mais cette époque est loin. À croire que le sang ne peut mentir. Elle s'allume une clope pour accompagner son verre. Jack désapprouve, mais sait qu'il n'a rien à dire.

— J'ai une autre proposition pour ton discours de demain. Je pense que si l'on aborde les enjeux...

— Tu sais très bien pourquoi je t'ai demandé de venir, le coupe Andréa. Et ce n'est pas pour ce foutu discours.

Nouveau silence, crissement de pneus, soupir de Jack. Il fait pivoter son siège pour se retrouver face à Andréa qui tire sur sa cigarette. Les cernes, témoins de ses courtes nuits, accentuent l'air autoritaire acquis durant ces derniers mois.

— Andréa, tu sais ce que j'en pense. Ce n'est peut-être pas le seul à pouvoir s'occuper de ça. On ne le connaît pas, les conclusions de nos enquêtes préliminaires parlent d'un homme instable. On devrait approfondir nos recherches, patienter encore un peu.

Le regard dans le vague, Andréa porte son verre à ses lèvres. Elle se ravise avant de répliquer d'un ton cinglant :

— Patienter encore un peu ? Vraiment ? Ça fait des mois que la campagne est lancée. Ça fait plus de deux ans qu'on s'est engagé là-dedans et toujours rien ! Je ne veux plus attendre, c'est clair ?

Jack saisit l'aspect rhétorique de la question.

— Est-ce que tu sais ce que ça fait d'être dans ma position ? reprend-elle. Est-ce que tu sais ce que ça fait d'être exposée comme je le suis en ce moment ?

— Je...

— Non ! Tu ne le sais pas, tu ne l'as jamais su et tu ne le sauras jamais. Donc maintenant tu te démerdes comme tu veux, tu loues un hélico, tu lui mets un contrat sur la gueule, tu le ramènes par la peau du cul, je m'en fous ! Mais tu vas me chercher ce putain de Gabriel Breton, c'est compris ?

Les derniers mots criés par Andréa résonnent un temps dans la pièce. Sur son siège, Jack ne bouge pas. Seuls ses doigts, si crispés qu'on dirait qu'il va se briser les phalanges, trahissent son anxiété.

— C'est compris.

— Bien, reprend Andréa. Il n'y a que lui pour localiser ces fumiers.

Elle déguste une nouvelle gorgée en fermant les yeux. La sensation de chaleur provoquée par l'alcool l'aide à retrouver son calme.

— Et les sondages ? Ça donne quoi ?

— T'es toujours devant. Nacquart te talonne. Les autres sont largués.

— Ah Philippe... dit-elle en rigolant. Il s'accroche.

— Il avait un meeting ce soir à Strasbourg. Retransmis en live. Il y avait pas mal de viewers, mais les raids déclenchés par nos CM ont bien marché.

— Parfait. On en est où du taux d'abstention ?

— Historique, comme prévu.

— Bien. Et pour demain, tout est prêt ?

Jack hoche la tête.

— Oui. Dès que les résultats tomberont, tu feras un premier discours informel ici. Le tout rediffusé sur nos réseaux. Ensuite, on file rejoindre les militants au QG des jeunesses de l'Ordre.

— Là-bas, faut que ce soit le feu, OK ? Faut que les gens y croient. Je veux des ballons, des banderoles et tout le tintouin.

— C'est prévu. Les équipes sont briefées, plusieurs

influenceurs seront de la partie et madame Lacroix sera sur scène avec toi.

— Un filtre sera mis en place ?

— Bien sûr. Tout ce qui sera filmé par et en dehors de notre staff sera analysé et diffusé avec une latence de deux minutes. Ça permettra de supprimer les dérapages dont nos adhérents sont coutumiers.

Andréa se ressert un verre et se tourne de nouveau vers Jack, les yeux brillants.

— T'es sûr que tu ne veux pas quelque chose ?

— Sûr Andréa.

— Détends-toi. La machine est rodée, les militants sont au rendez-vous, les électeurs aiment nos idées. De quoi t'as peur ?

— D'à peu près tout.

Jack se lève. Debout, il fait deux têtes de plus qu'elle et son mètre soixante. Il se reboutonne et se dirige vers la porte.

— Tu vas où ?

— Chercher Breton, dit-il d'un air résigné.

— Parfait.

Andréa raccompagne son bras droit du regard, termine son verre puis esquisse un demi-sourire.

— Demain... Demain sera une grande journée.

3

Seine-et-Marne, campagne d'Égreville, 9 heures

Une berline noire aux vitres teintées franchit le portail métallique. En pénétrant dans la cour, la voiture fait crisser le gravier sur quelques mètres avant de s'immobiliser. Le temps que le chauffeur vérifie qu'il est au bon endroit, le dispositif acoustique du véhicule électrique se mêle aux beuglements des vaches d'à côté. Constatant qu'il est bien à l'adresse indiquée par ses services, Jack Evans coupe le moteur et ouvre sa portière. En enfilant sa parka marine par-dessus son costume trois pièces, il observe la bâtisse aux murs fissurés, assaillis par la végétation en friche. Seuls les volets bleus fraîchement repeints contrastent avec le laisser-aller général. Comme si son occupant cherchait encore à sauver les apparences.

Jack consulte sa montre pour la deuxième fois en moins d'une minute. La journée est cruciale. Les résultats du premier tour seront annoncés ce soir et il devrait être aux côtés d'Andréa et de son équipe plutôt que de venir se perdre ici. Surtout pour rencontrer ce type qui tient tellement à se faire oublier qu'il a fallu mettre une dizaine de personnes sur le coup pour le retrouver. Décidé à ne pas s'attarder dans ce trou, Jack emprunte l'allée de briques menant jusqu'à la maison. S'il se débrouille bien, il pourra être au siège de l'Ordre à midi.

En s'approchant, il distingue une musique provenant de l'intérieur. Un son violent, sombre. Mélange de Drill et de Nu Metal. Jack ne peut s'empêcher d'imaginer Breton vautré dans son canapé, baignant dans une atmosphère enfumée. Il frappe à la porte. Personne ne lui ouvre, mais le volume monte d'un cran. Il insiste. Pas d'augmentation, mais il jurerait avoir entendu une insulte. Il patiente, avant de tenter le tout pour le tout en tambourinant contre l'entrée. Cette fois c'est sûr, Breton vient de sortir une insulte qui, Jack doit bien l'admettre, ne manque pas d'originalité. La musique s'arrête, des pas se rapprochent, un verrou s'ouvre, puis un second, et encore un autre. Gabriel Breton apparaît dans l'entrebâillement, le visage strié par la chaîne maintenant la porte à demi fermée.

— Quoi ?

L'homme a la quarantaine. Il porte un t-shirt taché sous lequel on devine un embonpoint naissant. Une barbe fournie lui mange le visage du menton jusqu'aux pommettes et des mèches grasses retombent sur un front de plus en plus visible avec le temps. Jack n'est pas surpris par cette allure. Il sait que celui qu'il est venu chercher vit comme un ermite, planqué au fond de sa grotte. Toutefois, il ne peut s'empêcher de remarquer le regard pétillant de son interlocuteur.

— Monsieur Breton ?

— Lui-même.

— Je me présente, Jack Evans. Directeur de campagne d'Andréa Salvény.

— Connais pas.

Breton, réputé difficile, se montre encore plus désagréable que prévu. Jack dissimule son agacement tant bien que mal.

— Andréa Salvény, la candidate de l'Ordre Français aux présidentielles.

— Écoutez, il est neuf heures du mat', j'ai pas encore bu mon café et, comme vous pouvez le voir, je ne suis pas tout à fait habillé.

Jack baisse les yeux et découvre le caleçon de Gabriel.

— Je vois, monsieur Breton, je vois.

— Du coup, je vais vous faire gagner du temps. Si c'est pour me distribuer des tracts, me convaincre que madame Salvény va nous sauver de la merde dans laquelle nous sommes ou ce genre de conneries, je ne suis pas intéressé. J'ai pas voté depuis 2027 et je ne suis pas près de recommencer. Bonne journée.

Gabriel se recule pour claquer la porte au nez de Jack qui a juste le temps de dire :

— Le BlackNet est de retour.

Gabriel stoppe son geste. Après un moment d'hésitation, il referme la porte. Jack s'apprête à partir quand il entend le dernier verrou sauter. Gabriel se tient de nouveau face à lui.

— Café ?

— Volontiers, monsieur Breton.

Attablé à l'îlot central de la cuisine, Jack observe la maison tandis que Gabriel fouille dans ses placards à la recherche d'un paquet de dosettes. Le rez-de-chaussée, formé d'une unique pièce offrant un bel espace, aurait pu être agréable à vivre s'il avait été entretenu. Le soleil matinal fait ressortir la saleté des carreaux, aux murs, des tableaux aux couleurs chaudes prennent la poussière, et, un peu partout, des pots en terre dont les plantes sont mortes depuis longtemps gisent ici et là. Même les cactus ont souffert du manque d'attention. Après quelques jurons et grognements, Gabriel finit par leur servir deux tasses de soluble. Jack en boit une gorgée, déglutit péniblement et repose le mug pour ne plus y toucher.

— Alors, monsieur...

— Evans.

— C'est ça. Evans. Pourquoi vous êtes-vous donné la peine de venir jusqu'ici de si bonne heure ?

Attendant sa réponse, il se met à siroter son breuvage. Sa grimace n'échappe pas à Jack, amusé de voir l'air dégoûté que le café provoque chez son hôte.

— Écoutez, même si j'ai un avis plus réservé qu'elle sur la question, madame Salvény est persuadée qu'en raison de vos états de service vous êtes le mieux placé pour assurer sa sécurité numérique et la protéger contre les Administrateurs du BlackNet.

— J'ai traqué ces enfoirés pendant plus de dix ans et vous avez vu où j'en suis maintenant ? Vous pensez sincèrement que j'ai envie de replonger là-dedans ?

— Je ne sais pas. Mais ce dont je suis sûr, c'est qu'à l'époque vous avez brillamment piloté le Groupe d'Intervention Numérique et contré plusieurs des attaques du BlackNet. Si ma mémoire est bonne, vous avez également mené une opération de grande envergure en saturant certains de leurs serveurs, alors que d'autres n'étaient même pas capables de les localiser.

— C'est vrai. Si le GIN n'avait pas été dissous, on leur aurait mis la main dessus, j'en suis convaincu. Au lieu de ça, le gouvernement a fait la chialeuse parce que j'ai piraté un de leurs dossiers classés secret-défense.

— Le fichier C.R.I.S.T.I.N.A.

— Vous êtes bien renseigné, monsieur Evans. Ils ont considéré que j'outrepassais mes droits en consultant ce fichier qui regroupait des infos sur bon nombre de nos concitoyens. Ils m'ont fait passer pour un manipulateur et un criminel, ajoute Breton la mâchoire crispée. Alors que c'est eux qui l'avaient créé ce foutu dossier !

Il reprend une gorgée de café pour se calmer. Le goût amer ne fait que l'irriter davantage.

— Mais vous savez ce que c'est, poursuit-il, quand une crise menace le fusible saute. J'ai donc été remercié et placardisé. Enterré en même temps que ce putain de registre.

— Si vous souhaitiez parcourir ce fichier, c'est parce que vous étiez convaincu que les Administrateurs se trouvaient en France ?

— Sans vouloir verser dans la paranoïa ou le complotisme de bas étage, je pense qu'ils sont partout. Ce réseau s'étend depuis des années et possède des ramifications aux quatre coins du globe. Chine, Russie, Inde, Rwanda, Chili... Mais ce qui est sûr, c'est qu'une branche existe également ici. Et d'après les trafics de données que j'ai identifiés à l'époque, on est plus proche du tronc que de la brindille.

Gabriel marque une pause, se masse les tempes. Il déteste se remémorer son passé. Son renvoi, sa dépression, ses pleurs, sa séparation. Il en a peur. Il sait que le désespoir est là, tapi dans un coin de son crâne, et qu'il peut resurgir à tout moment pour l'emporter à nouveau.

Il soupire en passant une main dans sa barbe, avant de se forcer à poursuivre :

— Mais que voulez-vous, je me suis fait choper avant eux. Museler par ceux-là mêmes qui m'avaient mandaté.

— Et ensuite ?

— Et ensuite, c'est mon histoire perso, monsieur Evans. Ça ne concerne que moi et ceux qui m'ont trahi.

Gabriel détourne le regard. Jack a perçu le tremblement dans sa voix. Il comprend à quel point ces souvenirs sont douloureux. La fin d'une carrière qui marque le début du déclin. Problèmes d'argent, problèmes de couple, divorce... Ce schéma, un grand classique, a mis un paquet de monde à la rue. Mais, même si ses fondations avaient été sacrément ébranlées, Breton avait tenu bon. Et Jack avait du respect pour ça.

— Pourquoi vous pensez que le BlackNet va revenir ? demande Breton pour changer de sujet. Depuis qu'ils ont réussi à corrompre les trois plus grosses Blockchains, ils ont disparu. Comme une dernière humiliation pour nous montrer qu'ils sont au-dessus de tout.

Jack se lève, vide sa tasse dans l'évier encombré de vaisselle et la remplit d'eau du robinet.

— Vous savez ce qu'est le Silencio, monsieur Breton ?

— Bof.

— C'est une drogue de synthèse qui permet de se couper du monde. De se retrouver dans... une sorte de bulle de silence.

— Ça doit être agréable le matin, ironise Gabriel.

— Depuis plusieurs mois, ces pilules inondent les rues. Elles connaissent un succès considérable, notamment chez les 25-34 ans. Le problème, c'est qu'elles ont des effets secondaires désastreux.

— On n'entend pas les voitures arriver quand on traverse la route ?

— Aussi, rétorque Jack impassible. Mais cette drogue provoque surtout des pertes de mémoire et des symptômes similaires à ceux d'un Alzheimer précoce. Plus vous en consommez, plus vos souvenirs s'effacent. Comme s'ils n'avaient jamais existé.

— Flippant. C'est quoi le rapport avec le BlackNet ?

Jack se rassied et croise les mains devant lui.

— Récemment, les Administrateurs ont diffusé une vidéo encourageant la prise de Silencio. Les autorités ont chargé les médias et les réseaux d'étouffer l'affaire et, heureusement, elle n'a été partagée que dans les cercles d'initiés.

Gabriel se redresse légèrement sur son tabouret.

— Ils disaient quoi ?

— Un paquet d'inepties. Qu'en cette période de campagne électorale il était essentiel de se couper du monde politique, que le Silencio aidait à se préserver des manipulations de masse et qu'il permettait de se recentrer sur soi-même. Bref, des arguments fumeux.

Gabriel émet un rire sarcastique.

— Fumeux peut-être, n'empêche que c'est grâce à ça qu'ils ont rassemblé autant de gens et qu'ils ont plombé l'économie mondiale il y a trois ans. Et les politicards dans votre genre n'ont rien vu venir.

— Je pensais que vous les détestiez.

— Ah, mais je les déteste plus que tout, répond Gabriel d'un ton glacial. Ces ordures ont brisé des vies, détruit des familles. Ils s'amusent à déstabiliser les démocraties, à ruiner des entreprises, à ridiculiser les autorités. Tout ce qu'ils veulent c'est semer désordre et chaos. Mais ce que je dis est un fait. Face à eux le monde politique n'a rien pu faire. Alors que c'est le rôle des élus de protéger leurs concitoyens, ils sont restés à la traîne. Entravés par leurs propres règles, empêtrés dans leurs combines et leur guéguerre d'ego. Vous trouvez ça normal ?

À nouveau sa voix avait tremblé.

— Vaste sujet. Mais revenons au Silencio je vous prie. Pour pallier les effets secondaires que je vous ai décrits, le BlackNet a mis en place une plateforme baptisée la Sauvegarde.

Gabriel lui fait signe de poursuivre.

— La Sauvegarde est une sorte d'espace de stockage numérique, utilisé aujourd'hui par plusieurs centaines de milliers de Français. En s'y connectant, ils peuvent y télécharger une partie d'eux-mêmes.

— Comme un gros orteil ?

— Vous êtes en forme le matin, monsieur Breton, dit Jack d'une voix monocorde. Non, là nous parlons plutôt des souvenirs, de nos relations, de nos passions. De tout ce qui constitue une personnalité en somme. Ça peut aller de nos films préférés à nos premiers amours, en passant par les parfums de notre enfance. Pour conserver tout cela intact, les utilisateurs uploadent régulièrement leur mémoire sur la Sauvegarde. En se loguant dessus, ils peuvent ensuite revisionner des scènes de leur vie, revivre des moments passés. Encore et encore. C'est comme une espèce... d'archive de soi.

— Et c'est légal ça ?

— Légal ou pas cela n'empêchera pas le BlackNet de s'en servir, mais pour répondre à votre question le gouvernement actuel n'a pas voulu statuer là-dessus avant les élections. Il laisse le prochain s'en occuper. Donc, pour le moment, oui, c'est légal.

— C'est bien ce que je pensais, raille Gabriel. Bon, et alors ?

Jack hausse les sourcils, à la fois irrité et surpris.

— Et alors ? C'est tout ce que vous trouvez à dire ? s'agace-t-il. Ça ne vous semble pas terrifiant que des personnes, parfois même des gamins, confient leurs souvenirs à ces détraqués du BlackNet ? Tout ça pour gober du Silencio et pour mieux se replier sur eux-mêmes ?

— Voilà ce qui se passe quand on laisse ces tarés agir. Je n'ai pas dit que je cautionnais, mais j'estime que notre société a sa part de responsabilités dans les choix que font ces gens.

— Des choix ? Mais il n'est plus question de choix ici ! dit Jack en haussant le ton. Et si cette Sauvegarde se faisait pirater ? Et si les Administrateurs décidaient de l'utiliser à mauvais escient ? Tous les jours des structures privées ou publiques voient leurs données menacées par des hackers demandant des rançons en échange. Alors, imaginez ça mais avec vos propres souvenirs, monsieur Breton. Vous vous sentirez peut-être plus concerné !

Jack sait qu'il s'est emporté, écœuré de constater à quel point Breton reste insensible aux dangers qui menacent leur pays. Gabriel cesse de contempler le fond de sa tasse pour regarder Jack, un sourire moqueur au coin des lèvres.

— C'est quand même fou de voir ce que les gens sont

prêts à faire pour ne plus être harcelés par vos mensonges.

Jack se doutait que Gabriel chercherait à se venger de son excès de colère. Il tente de calmer la situation, reprend sur un ton plus apaisé :

— Ça montre surtout que la cohésion sociale et le vivre ensemble sont sur le point de s'écrouler, monsieur Breton.

— Arrêtez, pas à moi, Evans ! s'emporte Gabriel. Depuis quand vous vous préoccupez de ça ? Depuis quand ça vous intéresse ? Ce qui compte pour vous c'est de flatter les électeurs, de promettre ce qu'ils ont envie d'entendre, d'attiser leurs peurs. Peu importe la manière, du moment que vous remportez ces foutues élections !

Il marque une pause.

— Je vous ai menti quand je vous ai dit que je ne connaissais pas l'Ordre Français, reprend-il. Je sais pertinemment ce que votre parti représente. Derrière vos discours racoleurs et soi-disant modernes se cache une idéologie d'extrême droite aussi dure que radicale. Alors ne venez pas me bassiner avec vos grandes idées d'unité nationale. Je me torche avec, Evans. Presque autant que vous.

Il avait prononcé ces dernières paroles d'un ton froid, fixant Jack droit dans les yeux, les poings serrés. Résigné, le bras droit de Salvény quitte son siège et remet sa parka.

— Vous pouvez nous critiquer autant que vous voulez, monsieur Breton. Mais nous, avec l'Ordre, on tente d'agir. D'agir pour rassembler les Français. Alors vous pouvez nous mépriser si ça vous amuse, mais nous au moins on ne va pas se terrer dans un trou paumé en regardant le monde s'écrouler autour de nous sans rien faire.

— Vous savez où se trouve la sortie, dit Gabriel les yeux plongés dans son café.

Jack dépose sa carte de visite sur la table.

— Nous connaîtrons les résultats du premier tour ce soir. Vous avez jusqu'à vingt heures pour vous décider. Bonne journée, monsieur Breton.

Jack quitte la maison. D'un revers de main, Gabriel envoie sa tasse s'écraser contre le mur de la cuisine.

— Enfoiré !

De l'autre côté de la porte, Jack se contente d'un discret sourire.

4

Paris, 10e arrondissement, 15 heures

Un néon sur pied nimbait le studio d'une lumière bleutée. Devant le clic-clac servant de lit, une table basse made in Ikea. À l'autre bout de la pièce, une planche de bois posée sur deux tréteaux faisait office de bureau. Trois écrans 21 pouces reliés à un ordi portable occupaient toute la surface. Les deux situés aux extrémités étaient orientés à la verticale, tandis que le moniteur principal conservait une position standard. Les lignes de code se reflétaient dans les yeux de Natsé. Elle tentait de rester concentrée, mais le boucan de la rue allait crescendo. D'autant qu'à cette heure les drones publicitaires profitaient de la sortie des bureaux pour envahir le ciel de la capitale. Natsé avait beau avoir ce qu'il fallait pour régler le problème, elle ne voulait pas succomber de manière systématique aux charmes du Silencio. Elle se sentait pourtant si bien lorsqu'elle en prenait. Elle avait la sensation de plonger sa tête dans une eau à la température parfaite, venant obstruer ses oreilles et l'envelopper dans une atmosphère feutrée. Ce berceau de ouate la coupait du monde extérieur, de ses angoisses, de ses peurs. Il lui procurait un sentiment de calme unique, parfait. Elle était immédiatement tombée accro. Depuis, son budget pilule ne cessait de grimper en flèche. Et elle n'était pas la seule. Les dealers voyaient leur clientèle grossir de jour en jour, et n'hésitaient pas à adapter leurs prix en fonction. Les joies de l'offre et la demande. Pour limiter ses dépenses, Natsé avait eu recours à d'autres pratiques : méditation connectée, neuro-hypnose, aéro-yoga... mais aucune ne lui apportait la sérénité du Silencio.

Pour se changer les idées, Natsé réclama à Sia de la brancher sur une chaîne d'info en continu. Peu importe laquelle, le discours était le même.

Immédiatement, le ton alarmiste
du présentateur s'imposa à elle.
Le côté militant de Natsé détestait
ce genre de programmes.
Pensés pour déclencher la
polémique et buzzer sur les réseaux,
les producteurs n'hésitaient pas à
confier les postes de chroniqueurs
aux pires crevures du PAF dans le
but de les confronter à des invités
tout aussi à même de choquer leurs
téléspectateurs. Le tout en
brandissant fièrement le drapeau
de la liberté d'expression.
Mais, pour la pigiste qu'elle était,
ces médias offraient une masterclass
de chaque instant sur ce qu'un
journal digne de ce nom devait
éviter. Sans oublier un autre intérêt
qu'elle osait moins s'avouer :
comprendre pourquoi ils suscitaient
autant d'engouement.
Car, qu'on soit d'accord ou non
avec leur méthode, elle avait fait

– ... retrouvons maintenant Nathan Bourguin, en direct de la bourse de Pékin.

– Bonjour à toutes, bonjour à tous, ce lundi cinq mars marque un nouvel effondrement des marchés mondiaux. En effet, le krach économique amorcé la semaine passée se poursuit de manière catastrophique.
Aujourd'hui, la bourse de Paris s'est écroulée de 9,39 %, sa pire baisse depuis la crise sanitaire de 2020. Le Dow Jones, et le Dax n'en mènent pas large non plus, avec une diminution respective de 7,34 % et de 6,16 %. Pour ce qui est du Nasdaq, indice plus volatile il semblerait qu'il peine à se maintenir aux alentours des +0,33 %.
Même si ici, à Pékin, les esprits sont davantage à la fête avec une bourse ayant profité de la

ses preuves. Le grand public était camé à ces chaînes dont les parts de marché ne cessaient d'augmenter. Leur stratégie fonctionnait si bien que le dernier média public encore debout tentait désespérément de les imiter, généralisant ainsi la stérilisation du discours politique.

Natsé retrouva un brin de concentration et se remit à coder. Si elle parvenait à faire ce qu'elle voulait, le BlackNet pourrait faire sauter les dernières sécurités de ce cabinet spécialisé en finance off-shore. Elle ne se faisait pas d'illusions, cela ne déclencherait pas la révolution dont ils avaient besoin. Des révélations de ce genre, il y en avait déjà eu. Panama, Paradise et Pandora papers étaient passés par là et le monde continuait de tourner. Voire d'accélérer. Mais il était utile de montrer qu'un semblant de contre-pouvoir existait. Oui, les tout-puissants, par définition, faisaient ce qu'ils voulaient, mais au moins ils se savaient observés.

Ce qui, Natsé osait l'espérer, limitait la casse.

Elle était entrée sur le darkweb à quatorze ans, créant Natsé, son alter ego virtuel. Bien que les nouvelles réformes du Code du travail autorisent le boulot dès cet âge, il était impossible de trouver un job offrant des conditions décentes. Elle avait débuté comme

reprise du yuan, les experts du monde entier craignent maintenant qu'une dégringolade du baril de pétrole ne s'ajoute à cette situation déjà désastreuse. Toute la journée, nous vous tiendrons au courant des fluctuations des marchés. En attendant le prochain flash boursier, retrouvez-nous sur tous les réseaux.

C'était Nathan Bourguin, en direct de la bourse de Pékin.

– Merci Nathan. Prochain flash à 19 h 45. Revenons maintenant à ce reportage, publié en début de semaine, par un site d'information indépendant, et consacré à la secte du Grand Effondrement. Celui-ci dresse le portrait d'une femme, membre de ladite secte, qui fait froid dans le dos. Sous anonymat, elle parle de la volonté de ce groupuscule de provoquer, je cite, « la chute de notre société pour mieux recommencer ».

Élevant la collapsologie au rang de dogme, ces individus se disent prêts à mourir pour devenir le terreau d'un monde nouveau. Plutôt poétique n'est-ce pas ? Ils déclarent ne vouloir faire aucune concession, ne reculer devant rien et sont décidés à mener une guérilla armée envers les institutions politiques et escrow, sorte d'intermédiaire entre le vendeur et l'acheteur, qui garantissait le bon déroulement d'une transaction sur le darknet, en se prenant évidemment une com' au passage. Mais un jour, en stalkant le profil d'un de ses commanditaires, elle avait compris qu'elle venait de participer à un transfert de photos pédopornographiques. Elle avait alors envoyé le contenu des disques durs du fournisseur et du client aux autorités, avant de détruire leurs machines. La rédemption par le Trojan. Au nom du père, du fils et du Saint-Locky. Elle opta ensuite pour un autre boulot tout aussi discutable : le pourrissage d'e-réputation. Selon l'identité de ses cibles, elle se laissait le choix d'accepter ou non. Les petites boîtes que les concurrents voulaient tuer dans l'œuf : non. Les grandes firmes tentant de contourner les lois : oui. Moins lucratif, mais légèrement plus moral. Elle avait excellé dans ce domaine et les Administrateurs du BlackNet l'avaient contactée pour lui proposer des missions plus délicates.

Si les Admins ne se définissaient pas clairement comme le pendant numérique du Black Bloc, ils poursuivaient le même objectif : s'attaquer par des actions radicales, massives et anonymes au capitalisme sous toutes ses formes. La seule différence, et non des

financières qui sont, toujours selon leurs propos, les fondements de ce monde sclérosé. Pfiou ! Eh bien, ils n'y vont pas de main morte. Pour en parler, nous accueillons Louis Adelstein, député dans la troisième circonscription de l'Hérault et président du groupe La France pour Tous à l'Assemblée nationale. Monsieur Adelstein, bonjour.

– Bonjour.

– En face de vous se trouve Morgane Bensaïd, secrétaire générale de l'association Earth for Life. Madame Bensaïd, bonjour.

– Bonjour.

– Alors madame Bensaïd, commençons avec vous. Vous nous disiez avant l'émission que vous n'étiez pas totalement contre les positions évoquées par la secte du Grand Effondrement.

– Non, alors ce n'est pas exactement ce que j'ai dit.

– Si, si, je vous assure.

– Je confirme, j'étais présent.

– Merci monsieur Adelstein. Poursuivez, madame Benfaïd.

– Bensaïd. Ce que je disais, c'est que ces positions, bien que totalement disproportionnées, pouvaient se comprendre.

– Ah donc vous, vous comprenez qu'on veuille mener une guérilla armée contre les

moindres, était que les Administrateurs, les fondateurs du réseau, coordonnaient certaines des actions entreprises, contrairement au Black Bloc où la notion de hiérarchie était inexistante. L'expertise des Admins était telle que cela ne posait pas de problème aux autres hacktivistes qui bénéficiaient, la majeure partie du temps, d'une liberté quasi totale pour opérer comme ils l'entendaient. Au fil du temps, la communauté s'était agrandie jusqu'à devenir un espace à part entière de cette face cachée du web. Et Natsé était fière d'en faire partie. En plus des valeurs revendiquées par ce crew, elle aimait l'équilibre qu'elle avait réussi à trouver entre son métier de pigiste et ces activités de pirate dont elle ne parlait à personne. Elle appuya sur une dernière touche de son clavier holographique et les lignes de code passèrent au vert.

– Yes !

Son script était prêt.

La voix de synthèse de son assistant personnel retentit au même moment :

– Appel entrant d'Éli Mansouri – Milli-Press'.

– Coupe les news et accepte, répondit-elle encore heureuse de son succès.

institutions françaises ? Bravo, bel exemple !

– Ce n'est pas ce que je dis, monsieur Adelstein. Je dis juste que ces personnes s'inquiètent de l'avenir de notre planète et des choix qui sont faits par nos élites.

– Et donc c'est suffisant pour tuer des gens ! Mais vous êtes complètement folle ma parole.

– Monsieur Adelstein, restez poli, je vous prie. Vous déformez mes propos. Les Français ont bien compris que l'honnêteté n'était pas votre plus grande vertu, vous n'êtes pas obligé de nous le démontrer à chaque instant. Les tribunaux s'en chargeront.

– Quelle indignité ! C'est de la diffamation !

– Eh bien allez-y ! Portez plainte. J'imagine que vous devez avoir un coupe-file pour passer plus rapidement devant les juges maintenant.

– C'est les gens de votre espèce qui devraient se retrouver devant un tribunal !

– De mon espèce ? Qu'est-ce que vous sous-entendez par là ?

– Voyons, vous voulez que je vous ressorte les chiffres sur les taux de criminali...

L’assistant s’exécuta, tandis que Natsé continuait de fixer son écran.

— Hey, t’es là ? s’impatienta Éli.

Elle pivota sur son siège et reprit ses esprits.

— Oui, patron ! Désolée, je regardais *Les Anges au Sahel*, ironisa la journaliste.

— C’est bien pour cette soif de culture inépuisable que je t’ai engagée, renchérit son collègue.

— Que veux-tu, on a tous nos petites failles. Toi c’est ton envie de toujours vouloir paraître plus jeune que tu ne l’es vraiment, et moi c’est les émissions de télé-réalité ignobles. Chacun ses défauts.

— Très drôle. T’as vu ? Ils ont parlé de notre reportage aux infos.

— Sans même nous citer et pour servir leur propre soupe. C’est pas comme ça qu’on va remporter l’Albert-Londres.

— Jamais contente ! Bon... et ce *date* de l’autre soir, ça s’est bien passé ? questionna-t-il comme si de rien n’était.

— J’étais sûre que t’appelais pour ça ! T’es vraiment une petite fouine, t’as bien fait d’être journaliste.

— La curiosité est le meilleur des remèdes à l’ennui.

— Eh bien tu dois jamais te faire chier.

— Je ne me plains pas. Bon alors, raconte !

Sensible à l’entrain de son ami, Natsé s’apprêtait à lui livrer quelques infos quand Sia intervint.

— Appel entrant. Identité inconnue. Correspondant non traçable.

En fond sonore, une sonnerie indiqua que quelqu’un tentait de la joindre.

— Allez, te fais pas prier, insista Éli.

— Désolée, je dois te laisser. J'ai... J'ai un autre coup de fil, bafouilla-t-elle.

— Quoi ? T'es sérieuse ?

— Je te rappelle plus tard, promis !

D'une pression sur le bracelet relié à son implant, Natsé raccrocha, intriguée. En temps normal, personne n'était capable de la joindre sans que son système soit en mesure de l'identifier.

— Sia, passe en crypté et accepte la communication.

Une tonalité lui indiqua que l'opération était en cours. Puis...

— Appel accepté.

Natsé attendit. Sans rien dire. Son cœur tapait fort. Pour une fois, le silence l'angoissait.

— Heu... Il y a quelqu'un ?

Des grésillements lui vrillèrent les tympans. Natsé poussa un cri de douleur. Petit à petit la communication se stabilisa. Des voix distordues prirent le relais.

— Votre implant est-il sécurisé ?

— Oui... En temps normal, oui.

— Bien, poursuivit un second interlocuteur. Une décision a été prise au sein des Administrateurs. Nous souhaitons vous rencontrer.

Natsé resta muette un court instant...

— Comment je peux savoir que ce n'est pas un piège ?

— Si vous craignez d'être la cible des autorités, rassurez-vous. Aucun de leur agent n'est capable de franchir le pare-feu que vous avez mis en place.

— Mais vous, si ?

— Ce qui prouve bien que nous disons la vérité, trancha une troisième personne.

— D'accord... Et... Je peux vous demander pourquoi ? bredouilla-t-elle.

— Au vu de la tournure que prennent les événements, nous ne pouvons rester sans rien faire.

— Le BlackNet doit agir. Et vite.

— Nous vous communiquerons davantage d'informations prochainement. Tenez-vous prête.

— Bien. Je serai...

Les grésillements reprirent de plus belle. Appel terminé. Natsé resta un long moment sans bouger, à fixer le mur devant elle. Elle n'en revenait pas d'avoir eu un contact direct avec les Admins. Dans le milieu du hacking, ces types étaient des légendes. Traqués sans relâche par les grandes puissances, ils étaient toujours parvenus à leurs fins, faisant plier les multinationales les plus influentes, dénonçant des conflits d'intérêts massifs ou aidant les journalistes de la presse indé' à obtenir des documents classés confidentiels. Aux yeux de Natsé, ils représentaient le seul contre-pouvoir susceptible de faire bouger les lignes. Restait à savoir quelle sorte de mission ils voulaient lui confier.

5

Seine-et-Marne, campagne d'Égreville, 20 heures

Debout devant son îlot central, Gabriel Breton dispose des tranches de fromage sur une tartine de pain de mie. Après plusieurs expérimentations, il est parvenu à la conclusion que le croque-monsieur offre le meilleur ratio temps de préparation/plaisir culinaire. Un avantage non négligeable depuis qu'il est seul. À l'autre bout de la pièce, un vieil écran plat diffuse le JT. Les deux présentateurs affichent une bonne humeur outrancière, tentant de meubler comme ils peuvent, lorsque les résultats tombent enfin :

— Ils se sont affrontés pendant des mois, et il est maintenant l'heure de découvrir, sans plus attendre, les scores officiels communiqués par le ministère de l'Intérieur.

Gabriel fait mine de regarder le poste distraitement, comme si cela ne l'intéressait qu'à moitié. Mais en réalité, il est bien plus captivé par le spectacle qu'il ne veut l'admettre. Il en tremble presque. Depuis ce matin, les paroles du petit prétentieux qui lui a rendu visite tournent en boucle dans sa tête.

Accompagnés d'un jingle calibré pour maintenir le suspense, les visages des vingt candidats apparaissent à l'écran. À côté d'eux, une barre verticale s'élève pour comptabiliser le pourcentage de voix obtenues.

— Ah, c'est incroyable ! s'exclame le présentateur. Comme vous pouvez le voir, c'est donc Andréa Salvény et Philippe Nacquart qui seront au second tour. Madame Salvény avec 15,4 % des suffrages et monsieur Nacquart avec 14,9 %.

— On peut dire que ça s'est joué dans un mouchoir de poche, renchérit sa collègue au sourire éclatant. Un véritable coude-à-coude !

Gabriel saisit la télécommande et baisse le son.

— J'en connais un qui doit trépigner dans son petit costard trois pièces.

Gabriel termine de préparer son repas quand des bourdonnements s'échappent de sa télévision. Il redresse la tête et voit le visage des deux journalistes figés dans une pose grotesque.

— Qu'est-ce qu'ils foutent ?

L'image saccade une nouvelle fois, avant de laisser place à un écran noir. Un texte se met à défiler lentement, retranscrit par une voix déformée.

— Ne paniquez pas, nous sommes le BlackNet. Ne paniquez pas, nous sommes avec vous.

Gabriel n'en croit pas ses yeux. C'est vraiment en train d'arriver. Les Administrateurs sont là, devant lui. Cette fois, ses mains tremblent pour de bon. De peur ou d'excitation, il est incapable de le dire.

— Ce soir, nous sortons de l'ombre. Ce soir, nous passons à l'acte, enchaîne la voix artificielle. Sagement, depuis des années, nous écoutons. Nous écoutons ces discours trompeurs et ces promesses illusoires. Nous écoutons ces dirigeants se succéder en prétendant détenir la solution tant espérée, sans ne jamais rien changer. Nous observons ces grands PDG, pour qui il semble si facile de troquer le costume de philanthrope des plateaux TV avec celui de néo-esclavagiste du tiers-monde.

— Toujours aussi fort pour haranguer la foule, maugrée Gabriel.

— Nous surveillons également les médias qui affirment dénoncer et informer, mais qui se gavent en réalité de ce spectacle sordide. À qui profite le crime ? Vous l'aurez deviné.

L'orateur marque une pause calculée, avant de reprendre.

— Et enfin, nous vous observons vous. Oui, vous, qui nous écoutez. Vous qui vous débattez au quotidien pour démêler le vrai du faux. Vous qui vous sentez broyés par les rouages d'une machine devenue folle. Qui avez l'impression de lutter en permanence pour garder la tête hors de l'eau. Qui aspirez seulement à quelques minutes de tranquillité et de silence. Et ce soir, c'est à vous que nous nous adressons.

Nouvelle pause. Gabriel se fait la réflexion que le BlackNet a suffisamment analysé son ennemi pour s'approprier ses codes.

— Nous vous faisons la promesse de révéler, dans les jours à venir, ce qui se trame en coulisse de cette mascarade politicienne. Nous nous engageons à mettre un terme, par tous les moyens possibles, à ces élections mensongères et à ce système qui n'a de démocratique que le nom. Ils veulent contenir votre rage en vous donnant l'illusion de décider une fois tous les cinq ans ? Nous allons la laisser se déchaîner. Aujourd'hui, il est temps de tourner la page. Aujourd'hui, il est temps d'être libre. Tenez-vous prêts, bientôt le BlackNet passera à l'acte. Nous sommes le BlackNet. Nous sommes avec vous.

L'image vacille un bref instant, avant de rebasculer sur les deux présentateurs. L'animateur vedette est légèrement décoiffé et hurle sur un technicien hors champ.

— ... rais pas pu prévoir ça, pauvre con ?!?

Alors qu'on lui signale qu'il est de nouveau en direct, le grand professionnel reprend aussitôt un ton chaleureux.

— Mesdames et messieurs, nous vous prions de nous excuser pour la gêne occasionnée. Une...

Gabriel éteint la télé et pousse un long soupir.

— Le petit aristo a bien anticipé le coup. Bon...

De la poche arrière de son jean, il sort une carte de visite écornée. Il attrape son portable sur le plan de travail derrière lui et compose le numéro. Une sonnerie plus tard, Jack Evans décroche.

— Monsieur Breton, dit-il avec un sourire. Pour quelqu'un qui ne suit pas la campagne, vous êtes réactif.

Gabriel n'a pas envie de plaisanter.

— Je commence quand ?

— Demain, neuf heures. Rendez-vous au siège de l'Ordre Français.

— À demain Evans.

Gabriel s'apprête à raccrocher.

— Ah, monsieur Breton ?

— Oui ?

— Enfilez un pantalon cette fois.

Gabriel repose le téléphone sans rien dire. Ce qu'il attend depuis si longtemps débute enfin.

6

Paris, 10e arrondissement, 7 heures

Le ciel était d'un bleu glacial. De ceux que l'on observe parfois en hiver. Assise dans l'abri de fortune qu'elle s'était confectionné, Natsé écoutait la capitale entrer petit à petit en ébullition. Le toit de son immeuble était son refuge. Perchée dans ce 31e étage qui n'appartenait qu'à elle, elle se sentait en sécurité. Loin de cette agitation perpétuelle qui l'oppressait un peu plus chaque jour. Elle y accédait par le velux de son appart situé juste en dessous et venait s'y poser dès qu'elle le pouvait, qu'il vente ou qu'il neige. Elle avait tendu une bâche, monté un touret pour faire office de table basse et disposé deux chaises en plastique autour. De quoi rendre jaloux les plus grands amateurs de rooftop.

L'appart était le seul truc qui lui restait de son père fauché au combat. Lorsque son entreprise de serrurerie avait fait faillite, il s'était reconverti manutentionnaire dans une usine de textile. Ce jour-là, il manifestait en gilet jaune pour défendre ses droits et gueuler son ras-le-bol. Le tir de LBD ne l'avait pas tué, mais un prolo avec une main arrachée, c'est moins efficace sur une chaîne de production. Son licenciement l'avait éloigné de ses collègues, de ses amis. Six mois à dépérir avant d'être diagnostiqué d'un cancer du pancréas. Un an plus tard, le crabe avait terminé le boulot. Hormis Natsé et sa mère, dont il était séparé depuis sept ans, seuls trois de ses anciens camarades avaient assisté à l'enterrement, dans le village en périphérie de Reims où il avait grandi. La veille, Natsé n'avait pas dormi. La peur de croiser son frère aîné lui tordait le ventre. Après toutes les horreurs qu'elle lui avait balancées le soir de la manif qui avait mutilé son paternel, elle ne l'avait jamais revu. Elle ne savait pas comment elle aurait réagi s'il s'était pointé au cimetière. La question ne s'était pas posée. Avoir choisi le camp de ceux qui avaient estropié son père l'avait sans doute dissuadé. Décidément, CRS, quel beau métier.

En 2027, Natsé allait sur ses dix-sept ans quand sa mère avait quitté Paris à la faveur d'une loi visant à « redynamiser les campagnes ». L'objectif était simple : dégager les pauvres des métropoles bondées pour faire place aux riches. Les volontaires recevaient une somme plus proche du pourboire que d'une réelle indemnité et partaient s'installer dans ce qui s'appelait avant la diagonale du vide. Là où écoles et hôpitaux avaient fermé depuis longtemps. Plus les endroits étaient paumés, plus les postulants pouvaient gratter quelques cents. Séparée de son deuxième mari, sa mère avait choisi le Cantal. Natsé avait refusé de la suivre. Apprentie journaliste et déjà militante, elle était persuadée qu'il fallait être au plus proche des institutions pour faire bouger les choses. Alors elle s'était installée dans le 20 mètres carrés que son padré leur avait légué à elle et son frangin. Vu les prix de plus en plus délirants de l'immobilier, Natsé craignait qu'un jour son frère vienne réclamer sa part. Pour le moment, il restait un lointain souvenir. Et c'était très bien comme ça.

Elle rendait visite à sa mère de temps en temps, mais la distance avait fait son œuvre. Tout comme l'ouverture à la concurrence du réseau ferré. Les opérateurs privés avaient préféré investir dans les grands axes, plus rentables, et délaisser les lignes peu empruntées. Dégradations des voies, hausse des accidents, temps de trajets doublé, il fallait une sacrée dose de motivation pour se rendre là-bas. L'espace d'un instant, Natsé se remémora les moments passés en sa compagnie. Rires, parfums et étreintes. Le spleen la gagna aussitôt, mais elle n'aurait su dire si c'était à cause de ces réminiscences ou parce qu'elle commençait à les oublier. Elle se consola en se disant que sa mère était mieux à la campagne qu'ici et tira sur sa clope électronique pour se changer les idées. La fumée qu'elle recracha forma un nuage aux notes caramélisées qui se fondit un instant avec le ciel. Sia bipa.

— Vous avez un nouveau message.

Natsé secoua la tête pour échapper à ses divagations.

— Lecture please.

Sia obéit :

— Coucou, bien rentrée l'autre soir ? C'était cool de passer la soirée ensemble. Tu fais quoi demain ? J'ai un plan pour le concert de Bhad Babies en stream. C'est son grand retour. On pourrait se mater ça chez moi, ça te tente ? Bisous.

Un sourire illumina le visage de Natsé. Elle se leva et se mit à faire les cent pas.

— Hmm, intéressant comme proposition, plaisanta-t-elle toute seule. Sia, lance le rec.

Un signal sonore indiqua que Natsé pouvait commencer à parler.

— Hey, comment tu vas ? Je confirme, j'ai aussi passé un très bon moment l'autre soir. Demain je suis dispo' du coup ce serait avec...

Nouvelle sonnerie.

— Appel entrant. Identité inconnue. Correspondant non traçable.

Natsé se figea.

— Sia efface mon message et accepte l'appel.

— Message effacé. Appel accepté.

Les interférences résonnèrent puis une voix modifiée prit la parole.

— Votre communication est-elle sécurisée ?

— Oui, c'est bon.

— Bien, enchaîna un autre Administrateur. Le moment est arrivé agent Natsé. L'opération doit commencer.

— Je vous écoute, dit-elle en essayant de dissimuler son stress.

— Impossible d'en parler ici. Des coordonnées codées viennent de vous être envoyées. Rejoignez-nous à cette adresse. Demain. 22 heures.

— OK, mais je fais comment pour...

La communication s'arrêta avant qu'elle puisse finir sa phrase.

— Ah, mais ils sont relous à raccrocher comme ça !

Elle marcha vers le parapet bordant le toit et resta un moment, le regard dans le vide, à contempler les passants et les voitures. Maintenant, elle savait ce qu'elle faisait le lendemain. Et surtout ce qu'elle ne faisait pas, songeant au concert qu'elle devait refuser.

7

Nanterre, siège de l'Ordre Français, 9 heures

L'Ordre avait élu domicile quartier des Groues, dans une ancienne friche industrielle réhabilitée courant des années 20, au modernisme déjà fané. Depuis l'avenue, l'édifice ressemble à tous les autres : façade noircie par la pollution, portail hérissé de piques, balcon égayé de plantes artificielles. Seule différence, aucun nom n'est indiqué sur l'interphone. Gabriel Breton décide donc d'appuyer sur un bouton au hasard. Trois notes en boucle retentissent depuis le haut-parleur. La mélodie s'arrête sans que personne prenne la parole.

— Heu... allô ? commence-t-il, irrité par cette absence de réaction. J'ai rendez-vous avec Jack Evans.

Silence.

— Y a quelqu'un ?

Son interlocuteur ne juge pas nécessaire de répondre et raccroche.

— Sérieux ?

Une dizaine de secondes plus tard, le portail s'ouvre devant lui avec une lenteur excessive.

— Oui, ne m'indiquez pas le chemin. Je vais me démerder, marmonne-t-il avant d'entrer.

Breton franchit la cour faisant office de parking et pousse la première porte qu'il voit. La décoration du vaste hall atteste qu'il est au bon endroit. Le sol est recouvert de marbre et d'élégantes moulures ornent les murs. Une flopée de drapeaux tricolores domine un buste de Marianne trônant au centre de la pièce. Un peu partout, des banderoles aux slogans patriotiques reprennent les grandes lignes du parti.

— Sympa l'ambiance, murmure l'ex-agent de la DGSI en continuant d'avancer.

À l'autre bout du vestibule, une porte s'ouvre pour laisser apparaître Jack Evans. Toujours tiré à quatre épingles, le cadre du parti lance d'une voix monotone :

— Par ici, monsieur Breton.

Devant son air impassible, Gabriel ne peut s'empêcher de plaisanter.

— Haaa, Evans ! Quel plaisir de vous revoir, dit-il en traversant le hall. C'est sacrément cosy chez vous. Par contre, ça manque d'une petite touche de patriotisme, non ? Je me disais qu'on pourrait broder quelques fleurs de lys sur des fanions. Et que pensez-vous de déclencher la *Marseillaise* à chaque fois que quelqu'un franchit la porte ? Ça aurait de la gueule vous ne trouvez pas ?

Jack reste stoïque.

— Veuillez me suivre, je vous prie.

Content de sa blague, Gabriel lui emboîte le pas. Les deux hommes gravissent les escaliers en silence. Jack consulte son portable, tandis que son invité se demande pourquoi ils n'ont pas emprunté l'ascenseur. Le numéro deux de l'Ordre Français finit par s'arrêter au septième et dernier étage et passe son badge devant la borne située à l'entrée. Ils pénètrent dans un couloir étroit et bas de plafond, éclairé par des néons blafards. Des chutes de lino recouvrent le sol. À l'autre extrémité, seule une fenêtre à soufflet permet de capter un semblant de lumière naturelle. Alors qu'ils continuent leur déambulation, Gabriel tente d'amorcer la conversation :

— Vous avez plutôt bonne mine pour quelqu'un qui a fait la fête toute la nuit.

Jack se contente de lever les yeux au ciel.

— Quoi ? Même pas une petite coupe pour célébrer la victoire ?

— La victoire aime l'effort, monsieur Breton. Et il nous faut encore un tour avant de l'obtenir. Tenez, nous y voilà.

Jack indique une porte sur leur droite équipée d'une serrure magnétique couplée à un code chiffré. Lorsqu'elle s'ouvre, Gabriel remarque le blindage dont elle est pourvue. Curieux pour un endroit qui s'apparente à un placard.

— Bienvenue dans ce que j'aime appeler l'œil de Paris, dit Jack, laissant poindre une once de fierté. Votre nouveau bureau.

Il s'efface pour laisser entrer Gabriel. La pièce est aveugle. Seule une ampoule aux fils apparents permet de distinguer ce qui s'y trouve. À droite, une console similaire à celles utilisées en régie télé prend la largeur du mur. Au-dessus, six écrans diffusent des images provenant de caméras disposées dans le bâtiment, ainsi qu'à l'extérieur. Gabriel fronce les sourcils en observant les moniteurs.

— C'est le Trocadéro ?

— Belle déduction, monsieur Breton. C'est la tour Eiffel qui vous a mis sur la voie ? demande Jack, pince-sans-rire.

— Vous avez piraté les caméras de la ville ?

— De la ville, des hôpitaux, des banques, des centres commerciaux... De tout ce qui est capable de filmer. Mais comme les membres du BlackNet se baladent rarement dans la rue avec une pancarte autour du cou, il vous faudra vous montrer plus malin.

Gabriel continue d'inspecter la salle. À l'opposé, installé sur un second bureau, un écran affiche en temps réel la moindre donnée entrante ou sortante du réseau de l'Ordre. Plus loin, plusieurs serveurs tournent à plein régime, dégageant une chaleur étouffante.

— Vous êtes sacrément équipés. Même à la DGSI on n'avait pas du matos pareil.

— Disons que nous avons des partenaires financiers plutôt... solides.

— Ça a l'air.

— Comme je vous l'ai expliqué, la sécurité d'Andréa Salvény est notre priorité. Et avec l'intervention du BlackNet hier soir, nous redoutons le pire.

Jack s'assied face à la console, mains nouées, jambes croisées.

— Plusieurs missions vous attendent ici. En premier lieu, il vous faudra récolter, analyser et classifier toutes les informations utiles à la protection de notre candidate. Se renseigner sur nos militants, sur le staff présent durant les meetings, sur les spectateurs venant assister aux débats, bref sur tout ce qui s'approche de madame Salvény. Cela passe donc par une surveillance accrue de ce qui se déroule autour de notre campagne, mais également à l'intérieur.

Gabriel, toujours en train d'examiner le matériel, perçoit l'inflexion dans la voix de Jack.

— Vous avez des doutes sur vos propres collaborateurs ?

— J'ai des doutes sur absolument tout le monde. Vous y compris.

Breton reporte son attention sur lui, un fin sourire aux lèvres.

— C'est également pour ça que je serai votre unique interlocuteur, poursuit le directeur de campagne.

— C'est-à-dire ?

— Je peux difficilement être plus clair, monsieur Breton.

— Je ne vais rencontrer aucun autre membre de l'équipe ?

— Non.

— Et Salvény ?

— *Madame* Salvény est quelqu'un de très méfiant. Et, pour le moment, vous n'avez pas besoin d'avoir de contact direct avec elle. Vous devez être le plus discret possible. Personne ne doit savoir que vous travaillez pour nous.

— C'est pour ça qu'on s'est tapé les sept étages à pied ? Pour éviter de croiser du monde ?

— C'est exact, monsieur Breton. Ce sera votre séance de sport quotidienne dorénavant. À part moi, madame Salvény bien sûr, et un troisième membre de notre équipe, personne ne sait qui vous êtes ni ce que vous faites ici. Et cela doit rester ainsi jusqu'à ce que nous en décidions autrement. Si on vous pose la question, répondez que vous vous occupez de la maintenance informatique. C'est compris ?

— C'est qui le troisième membre de...

— C'est compris ?

— C'est compris, répond Gabriel, agacé.

— Bien. Vous avez également carte blanche pour mener à bien toutes les opérations que vous jugez nécessaires pour approcher, corrompre et mettre hors d'état de nuire les hacktivistes du BlackNet. Ces individus sont une vraie menace et votre principale mission est de nous en préserver. Par tous les moyens possibles.

— Quand vous dites tous les moyens...

— Absolument tous les moyens.

— Parfait.

Remarquant le rictus de son interlocuteur, Jack se sent obligé d'ajouter :

— Je sais que vous avez une revanche à prendre avec ces types, monsieur Breton. Toutefois, n'en faites pas une affaire personnelle. Vous travaillez pour l'Ordre maintenant.

L'ancien agent dévisage l'homme qui lui fait face. Son instinct lui crie que cette austérité cache autre chose. Mais quel genre de secret peut pousser quelqu'un à se retrancher derrière une telle carapace de rigidité ? Trop tôt pour le dire. Sentant le regard de Breton s'attarder sur lui, le numéro deux de l'Ordre quitte son siège pour se diriger vers la sortie. L'espace d'un instant, sa contenance a chancelé. Il déteste ça.

— Vous avez d'autres questions ?

Gabriel désigne le fond de la pièce. Sous un drap, un

objet de la taille d'un sarcophage se découpe dans la pénombre.

— Qu'est-ce qui se cache là-dessous ?

Evans affiche un air contrarié en découvrant ce à quoi Gabriel fait allusion.

— C'est un Back.

— Un bac à quoi ?

— Non. Comprenez un Back comme dans le sens de back-up. C'est en se plongeant dans cette... baignoire que l'on peut uploader ses souvenirs et accéder à sa Sauvegarde.

— Juste à la sienne ou à toutes celles qui sont sur le réseau ?

— Juste à la sienne. Comme vous pouvez vous en douter, ces données sont hautement protégées. Login, mots de passe... ce n'est pas si simple de s'y connecter. Ajoutez à cela le fait que se brancher sur la Sauvegarde d'un autre vous grille le cerveau à coup sûr et vous comprendrez qu'il est déconseillé de tenter l'exercice.

— Pourquoi j'ai ça dans mon bureau alors ?

— Nous aimerions que vous disséquiez cet engin pour en percer tous les mystères. Avec un peu de chance, vous pourriez y trouver des informations intéressantes. Mais chaque chose en son temps, monsieur Breton. Chaque chose en son temps.

Jack sort un badge de sa poche et le tend à Gabriel.

— Je vous laisse vous familiariser avec l'endroit. Vous verrez, vous disposez de toutes les données possibles concernant les membres de l'Ordre. Si quoi que ce soit vous paraît suspect, je veux en être tenu au courant immédiatement.

Jack se retourne pour quitter la pièce et se retrouve nez à nez avec une femme aux cheveux rouges qui arrive du couloir.

— Qu'est-ce que vous faites ici ?

La visiteuse plante ses yeux rieurs dans ceux d'Evans.

— Alors Jacky-Jack, encore en train de fricoter avec une stagiaire ?

Jack s'écarte pour laisser entrer la jeune femme. Gabriel la dévisage amusé.

— Oh, de fricoter avec un stagiaire, renchérit-elle hilare.

— Je n'ai pas eu cette chance, réplique Gabriel. Nous préférons prendre notre temps avec monsieur Evans. C'est quelqu'un de sensible, vous savez.

Jack soupire avant de faire les présentations :

— Millie Lacroix, Gabriel Breton. Gabriel Breton, Millie Lacroix. C'est donc la troisième personne à savoir ce que vous faites ici.

— Enchanté, répond Gabriel toujours souriant.

— Alors c'est toi le petit nouveau dont on n'a pas le droit de parler ?

— Mademoiselle Lacroix est présente à nos côtés depuis le début, explique Jack. Elle nous a apporté son soutien officiel lorsque madame Salvény s'est déclarée candidate, il y a quelques mois de cela. Je ne vous cache pas qu'une star du grand écran est un atout précieux pour nos campagnes de communication.

Jack revient sur ses pas et regarde la nouvelle venue d'un air sévère.

— Cependant, mademoiselle Lacroix, malgré les privilèges dont vous bénéficiez, vous n'avez rien à faire ici.

Captivée par le visage de Breton, l'actrice finit par s'en détacher pour accorder de nouveau son attention à Jack, son sourire malicieux refaisant surface.

— Calmos Jacky-Jack. Je suis venue parce que la patronne te cherche depuis des plombes. Donc tu dis merci et tu arrêtes de faire le roquet.

— Pourquoi elle ne m'a pas appelé ? l'interroge Jack en regardant son téléphone.

— Elle veut te parler en direct.

L'air soucieux, Jack se tourne vers Gabriel.

— Je vous laisse vous installer. Je repasserai vous voir plus tard.

— Pas de problème, Jacky-Jack.

Evans lève les yeux au ciel et sort du bureau, la jeune femme sur ses pas. Avant de quitter la pièce, elle jette un dernier coup d'œil à Gabriel.

— À bientôt... monsieur Breton.

— Mademoiselle Lacroix, la salue-t-il d'un air empreint de courtoisie.

Elle referme la porte derrière elle. Gabriel a envie de la rappeler. Il ne bouge pas.

8

La Courneuve, rue Sonita-Alizadeh, 21 h 45

Sur une vieille 125 qu'elle avait retapée, Natsé filait le long des usines désaffectées. Des centaines de tentes accueillant migrants et SDF occupaient les parkings. C'est là que les rejetés des espaces publics venaient se réfugier. Depuis le début des années 30, après avoir compris que tabasser des clodos et brûler leurs affaires n'aidait pas leur cote de popularité à grimper, les politiques avaient opté pour une stratégie nouvelle : celle de la honte. Plus subtile, plus efficace, plus dévastatrice. Des miroirs dissimulés derrière de solides plexiglas s'étaient mis à fleurir à proximité des bancs publics. Officiellement là pour que les passants puissent s'admirer H24, leur but était en réalité de renvoyer aux indésirables qui les squattaient l'image de leur propre déclin. Faisant ainsi voler en éclat les santés mentales les plus fragiles et exacerbant les problèmes qui vont avec. Au bout de quelques semaines, ces aménagements avaient porté leurs fruits. Sur les grands boulevards, on voyait des mendiants s'invectiver eux-mêmes, cracher sur leur propre visage ou pleurer devant leur reflet. Puis, des haut-parleurs avaient été disposés au-dessus des spots où les sans-abri se retrouvaient pour se poser et se reposer. Toute la journée, les voix des salariés à peine moins précaires leur répétaient, sous couvert d'une bienveillance de façade, qu'ils ne devaient pas rester là, que c'était dangereux, qu'ils allaient attraper froid, qu'il fallait trouver une place dans l'un des refuges bondés de la ville. Infantiliser pour mieux régner, une tactique qui avait fait ses preuves. Les commerçants solidaires des miséreux, ceux qui leur offraient un café, un verre d'eau ou la possibilité de recharger leur portable, étaient aussi dans le collimateur des pouvoirs publics. Brusquement, sur leurs réseaux sociaux et leurs pages Google, des centaines d'avis négatifs étaient apparus. Tous faisaient référence, de manière plus ou moins explicite, à ces SDF qui importunaient les « vrais » clients. Odeurs, invectives, bagarres... tout était bon pour ternir la réputation des boutiques et déshumaniser les gens de la rue. Étonnamment, les marketeux n'avaient rejoint le game du dégueu qu'en dernier. Par contre, une fois dedans, ils avaient mis tout le monde d'accord. Les premiers holopubs avaient surgi, pointés vers les bancs et affichant des messages du style : **[Envie d'aventure ? Au lieu de dormir dehors, offrez-vous une nuit insolite dans l'un de nos gîtes atypiques.]** Pendant que vous patientiez sous un abribus, une voix sortie des panneaux en réalité augmentée vous susurrait à l'oreille : **[Nouveau déodorant Cœur d'ivoire, le meilleur moyen de ne pas sentir le clochard.]** On retrouvait aussi les taglines des start-ups ubérisées. Pas peu fières de représenter 75 % des actifs, elles affichaient sur leurs réseaux des devises telles que **[Flexibilité et horaires décalés, et en plus t'auras de quoi manger]** ou encore le classique : **[Peur de finir sans le sou ? Viens travailler chez nous.]** Mis bout à bout, tout cela avait fonctionné : la pauvreté avait été délocalisée. Une victoire sans violence physique, comme l'aimaient les élites. Une fois la misère parquée et excentrée, les badauds pouvaient à nouveau déguster leur **[Ener-gin Tonic]** en terrasse tout en se réjouissant de voir de moins en moins de gens dans le besoin. Bien sûr, il restait toujours quelques parias que la folie protégeait. Ceux que les autorités haïssaient plus que tout. Mais bientôt, ils allaient commencer à disparaître, sans personne pour les réclamer.

Natsé passa au-dessus de l'A86 bordée d'anciennes voies ferrées. Dès la tombée de la nuit, les rues, rendues trop dangereuses par le désespoir de ceux obligés de les côtoyer, s'étaient vidées. Elle suivait toujours l'itinéraire que son implant superposait à la route et bifurqua deux fois à gauche. Sia intervint :

— Vous arrivez dans deux cents mètres.

Natsé ralentit. Le bruit du moteur se transforma en ronronnement, avant de s'arrêter pour de bon. Elle ôta son casque. La fraîcheur de la nuit vint caresser sa peau mate. Elle se trouvait derrière un entrepôt inoccupé, semblable à ceux qu'elle venait de dépasser. Enceinte en béton, toiture en tôles et fenêtres condamnées, le décor parfait pour un amateur d'urbex en manque de sensations fortes.

— Sia, vérifie les coordonnées s'il te plaît.

L'IA répondit du tac au tac :

— Les coordonnées indiquent un point situé dans le bâtiment devant vous.

Résignée, Natsé sortit la béquille et quitta la selle. Le seul moyen d'entrer était une échelle de secours courant sur toute la hauteur de l'immeuble. Tellement rouillée que le vent semblait pouvoir l'effriter.

— Y avait pas plus gai comme lieu de rendez-vous ? soupira Natsé. Genre une cave ou un cimetière ?

Elle s'approcha et observa la structure en acier. Une trappe barrait le passage avant l'accès au premier niveau. Natsé entama son ascension. Au niveau de l'obstacle, elle sortit son Leatherman et fit sauter le cadenas qui le maintenait en place. Arrivée au troisième étage, elle avisa une porte qu'elle crocheta d'un coup d'épaule. Elle regarda derrière elle, toujours personne, et entra. À l'intérieur, les rares carreaux encore intacts étaient si crasseux que la clarté de la lune ne pouvait percer.

— Sia, allume la lampe.

Le bracelet que Natsé portait à son poignet gauche projeta un faisceau lumineux. Natsé avança dans la coursive ouverte sur les niveaux inférieurs. Elle jeta un œil par-dessus la barrière qui la séparait du vide. Au rez-de-chaussée, entre des machines inutilisées, elle distingua un oignon graffé à la bombe. Un symbole tombé en désuétude depuis que les plateformes du darknet s'étaient fait démanteler, mais que les gens de sa communauté connaissaient bien. En éclairant de nouveau le couloir, elle découvrit un escalier sur sa droite. Quand elle s'y engagea, les marches crissèrent sous son poids, s'affaissant de quelques centimètres. Elle voulut renoncer, mais elle n'avait pas vraiment le choix.

« Le silence est l'âme des choses qui veulent garder leur secret, murmura-t-elle pour se donner du courage. Il s'en va quand le jour paraît, et revient dans les couchants roses. » Elle poursuivit sa descente. « Il guérit des longues névroses, de la rancune et du regret. Le silence est l'âme des choses qui veulent garder leur secret. »

— Votre rythme cardiaque s'accélère, intervint Sia.

— Sans déconner, grinça Natsé.

Elle crut tomber à plusieurs reprises, mais arriva en bas saine et sauve. Une fine pellicule de poussière recouvrait le sol. De petits nuages se soulevaient à chacun de ses pas. Excepté le vent soufflant à travers les débris de vitres, il n'y avait pas un bruit. Natsé tenta de se raisonner. Les Admins savaient ce qu'ils faisaient, elle devait leur faire confiance. Elle avança jusqu'au tag puis se pencha pour effleurer la peinture, fraîche. Le dessin lui était bien destiné. Elle se redressa avant de balayer les environs. Les engins repérés du troisième étaient d'anciennes imprimantes numériques dédiées à l'édition de manuels scolaires. Un secteur en voie de disparition depuis que l'utilisation de plateformes privées agréées par l'Éducation nationale était devenue la norme. Natsé reporta son attention sur le graff.

— Bon et maintenant ? s'impatienta-t-elle. Sia, checke si les plans du bâtiment sont disponibles.

Pas de *bip*, pas de réponse, rien.

— Sia ?

Natsé allait insister quand un son strident lui transperça les oreilles. Elle dut s'agenouiller pour ne pas perdre l'équilibre. Une douleur lui traversa le crâne. Vive, insupportable, glaciale. Des points noirs se mirent à danser devant ses yeux. Les feux follets du malheur, comme les appelait sa mère. Elle s'écroula au sol, repliée sur elle-même. La souffrance augmenta encore. Elle allait vomir, elle allait exploser, elle n'allait pas tenir, elle allait crever.

Puis tout s'arrêta. Le supplice, les points noirs, le larsen.

Toujours couchée, Natsé porta une main tremblante à son oreille. Persuadée d'y trouver du sang, étonnée que ce ne soit pas le cas. Via son implant, une voix déformée tenta de l'apaiser.

— Calmez-vous, agent Nasté. Respirez profondément.

— C'était quoi ça ? demanda-t-elle sidérée.

— Nous en sommes navrés, dit un deuxième Administrateur. Nous avons dû momentanément pirater votre assistant...

— ... Afin de prendre toutes les précautions possibles pour communiquer avec vous, acheva une troisième.

— Vous pouvez faire ça ?

— Lorsque vous vous trouvez à proximité de l'un de nos dispositifs, oui. Mais ne vous inquiétez pas...

— ... Vous y aurez de nouveau accès dès que nous aurons terminé.

Natsé était sous le choc. Elle avait envie de hurler, de frapper. Que quelqu'un puisse prendre le contrôle d'une technologie qu'elle avait entièrement façonnée lui donnait l'impression d'avoir été trahie, souillée. Sia était le prolongement d'elle-même. Qu'on l'utilise contre son gré la révoltait. Elle ferma les yeux un instant. Elle devait faire le vide, elle devait apaiser sa colère.

— OK, OK... Et vous êtes où là ?

— Pas ici, reprit la première voix.

— Alors pourquoi je suis venue moi ?

— Gardez votre sang-froid agent Natsé. Comme nous vous le...

— ... Disions, un dispositif spécial a été installé dans ce bâtiment...

— ... Rien ne peut en sortir. Rien ne peut y entrer...

— ... C'est pour ça que nous vous avons guidée jusqu'ici.

Natsé se releva. Ses jambes la portaient à peine. Depuis son implant, les voix des Administrateurs lui venaient de toutes parts, résonnant dans sa tête, accentuant son vertige. Natsé s'était doutée qu'ils ne feraient pas le déplacement, trop risqué. Pourtant elle avait espéré jusqu'au bout pouvoir les rencontrer.

— Le temps presse agent Natsé... La course...

— ... à la présidentielle poursuit son chemin à vitesse grand V...

— ... Les candidats savent pertinemment que le désengagement des citoyens...

— ... vis-à-vis du monde politique est de plus en plus fort...

— ... et ces élections sont leur dernier moyen de maintenir l'illusion...

— ... avant de prendre des mesures radicales. Des mesures qui...

— ... feront table rase de la démocratie. Sous toutes ses formes.

— Qu'est-ce que vous entendez par là ? demanda Natsé, inquiète.

— Nous avons récemment appris qu'Andréa Salvény voulait cracker la Sauvegarde.

— C'est impossible.

La plateforme était trop sécurisée, trop surveillée, développée par les plus grands génies que le hacking ait connus. Et puis, pirater ce portail signifiait s'immiscer dans les souvenirs de milliers de personnes. C'était une violation de leur mémoire, de leur être. Natsé se mit à tourner en rond. Le deuxième Administrateur continua avec une pointe d'agacement dans la voix :

— C'est ce que nous pensions également...

— ... mais Salvény connaît beaucoup de gens. Des gens extrêmement puissants...

— ... et très intéressés par l'idée de s'approprier ces données.

— ... Depuis quelques semaines maintenant...

— ... nous avons répertorié de multiples attaques...

— ... sur nos serveurs.

— Mais pour quoi faire ? s'indigna Natsé qui connaissait la réponse.

— Pour collecter plus de datas...

— ... Pour tout savoir de nos vies et de nos envies...

— ... Pour anticiper nos réactions...

— ... Bien au-delà de ce que les réseaux offrent actuellement.

— ... On parle de leurs vécus, de leurs traumas, de leurs peurs, de leurs désirs...

— ... des choses que nous ne connaissons pas nous-mêmes. Avec ça...

— ... ils nous manipuleront sans nous laisser même la chance de nous en rendre compte.

— Mais leur objectif ne s'arrête pas là...

Les voix cessèrent. Natsé continuait d'arpenter le sol en se rongeant les ongles. Si quelqu'un l'avait observée à ce moment, il l'aurait prise pour une folle en pleine crise de démence.

— ... Ils veulent mettre la main sur les dossiers que nous souhaitons révéler. Et sur...

— ... nos identités.

Natsé s'arrêta.

— Je comprends pas. Ça fait des années que je bosse avec vous et encore plus longtemps que je bouffe du code. La Sauvegarde est l'espace numérique le plus sûr que j'aie jamais vu.

— Et c'est toujours le cas...

— ... mais l'enquête que nous menons actuellement sur la candidate Salvény...

— ... nous a conduits à découvrir des messages inquiétants...

— ... échangés avec une personne dont nous ignorons l'identité.

— Vous n'êtes pas parvenus à le tracer? s'étonna Natsé.

— C'est bien ce qui nous inquiète...

— ... Peu de personnes sont capables de rester en dehors de nos radars...

— ... C'est pourtant le cas de l'individu avec qui elle est en contact.

Natsé recommença à déambuler dans le hangar désert.

— Qui ça peut bien être ?

— C'est ce que nous devons découvrir.

— Les personnes intéressées par les données inscrites sur la Sauvegarde sont nombreuses.

— ... Mais ce qui est sûr...

— ... c'est qu'une élue de la République comme Salvény, avec ce genre d'informations...

— ... en sa possession, représenterait un grave danger pour notre démocratie...

— ... et pour nos libertés.

— Alors on doit transférer toutes les données de la Sauvegarde sur un autre serveur, proposa Natsé.

— Vous savez bien qu'uploader ses propres souvenirs est encore un processus instable...

— ... Déplacer la totalité de son contenu équivaudrait à prendre le risque de corrompre ces données...

— ... et perdre les infos des milliers de consommateurs de Silencio...

— ... qui comptent sur nous.

— De plus, même avec notre expertise, un tel transfert serait loin...

— ... de passer inaperçu. Imaginez le nombre d'attaques que...

— ... subirait le nouveau serveur...

— ... La moindre brèche serait exploitée.

— Alors faut renforcer la sécurité. Mise à jour du système, upgrade du pare-feu interne, modifications du port d'écoute, reconfiguration du SSH !

— Tout cela a déjà été fait, agent Natsé. Et pourtant les offensives...

— ... sont de plus en plus poussées...

— ... Ça leur prendra peut-être des mois avant d'y parvenir, mais nous...

— ... sommes convaincus qu'ils y arriveront.

— Alors faut les exposer tout de suite ! Les dossiers que vous avez sur eux, les preuves, les mails, les messages... Faut tout balancer à la presse indé'.

Emportée par l'émotion, Natsé avait élevé la voix.

L'écho traversa le bâtiment, effrayant un pigeon qui s'envola en roucoulant.

— Agent Natsé, reprit l'un des Administrateurs sur un ton posé, c'est ce que nous voulons faire...

— ... mais pas tout de suite.

— Pourquoi ?

— Pour être sûrs de frapper un grand coup, s'énerva le second Admin. Un coup qui ne tolérera pas de retour en arrière ! Un coup qui fera basculer l'opinion publique pour de bon ! Un coup qui obligera notre société à remettre totalement en question son système et ses élites !

Il avait parlé si fort que sa voix avait saturé dans l'implant.

— C'est notre dernière chance, reprit le premier Admin. Nous devons être sûrs que nos révélations ne seront pas...

— ... chassées par une autre actualité créée de toutes pièces. Mais pour ça nous avons besoin...

— ... de temps. En attendant, il est essentiel d'empêcher la candidate Salvény d'agir. Il en va...

— ... de l'avenir de nos libertés.

— Alors on fait quoi ? demanda Natsé à voix basse.

Natsé n'entendit plus qu'un léger grésillement. L'espace d'un instant, elle crut que la communication s'était coupée, qu'ils l'avaient abandonnée. Mais le troisième Admin reprit la parole :

— Depuis plusieurs années maintenant, vous avez excellé dans les missions de piratage que nous vous avons confiées...

— ... Et vous nous avez permis de récupérer des informations capitales...

— ... qui seront décisives le moment venu.

— Vous êtes sans nul doute la meilleure hackeuse dont notre...

— ... communauté dispose et nous comptons sur vous pour garantir l'avenir du BlackNet.

— L'ensemble des Administrateurs est d'accord pour dire que vous êtes la plus indiquée pour empêcher Salvény d'arriver à son but.

— Cependant, nous préférons être clairs : la mission que nous voulons vous confier...

— ... demande un niveau d'engagement bien au-delà de...

— ... ce que vous avez déjà pu faire pour nous. Si vous acceptez, vous ne pourrez...

— ... plus faire marche arrière.

— Il vous faudra tout abandonner et laisser votre ancienne vie derrière vous.

— Votre famille, vos amis... Tout !

— Pour complètement disparaître et vous impliquer de la façon la plus totale qui soit...

— ... car la procédure mise en place pour garantir le succès de cette mission...

— ... est on ne peut plus radicale. L'échec n'est pas permis.

— Alors, agent Natsé ? Êtes-vous prête à aller jusque-là pour servir la cause ?

9

Zénith Paris-La Villette, 18 h 30

Dans le van banalisé qui lui sert de planque, Gabriel procède aux derniers ajustements. Garé dans une rue perpendiculaire à la salle, il perçoit le brouhaha de la foule. Les chants et les rires. Les slogans et les cris. Sous un soleil de plomb, les piétons longent les barrières Heras en direction de l'entrée. Gabriel capte des bribes de conversations. Mélange d'excitation, de joie. Parfois, de haine et de mépris. Ce tumulte l'empêche de se concentrer. Reclus dans sa campagne, il n'a plus l'habitude de cette agitation. Est-ce cette effervescence ou son insomnie de la nuit passée qui sont responsables du mauvais pressentiment qui le bouffe depuis ce matin ? Il ne saurait le dire. Toujours est-il que sur son clavier ses mains tremblent légèrement. Suffisamment pour matérialiser ses angoisses et lui donner la certitude qu'une merde va arriver.

– … qu'on observe depuis plusieurs années maintenant et qui confirme que l'opposition politique gauche/droite est bel et bien remplacée par une nouvelle lutte opposant populistes et écologistes.

Le second tour des élections que nous vivons actuellement et qui voit s'affronter Philippe Nacquart et Andréa Salvény illustre parfaitement cette situation.

D'un côté, un homme engagé en faveur de l'environnement et des droits humains et, de l'autre, Andréa Salvény, 29 ans, défendant des valeurs traditionnelles de la droite dure.

Aujourd'hui, pour parler de ça avec nous, nous accueillons l'ancien Président de la République, Emmanuel Macron. Emmanuel Macron bonjour.

– Bonjour.

– Alors, pour nos plus jeunes

Un coup d'œil sur sa montre lui indique que ça va bientôt commencer. Gabriel vérifie une dernière fois que son système de surveillance est opérationnel, puis pose sa tête sur le dossier de sa chaise. Il ferme les yeux, se concentre sur la voix du présentateur comme on le lui a appris et expire en comptant jusqu'à quatre. Il inspire durant le même temps et répète l'opération à trois reprises.
Son portable vibre, le tirant de son exercice de méditation.
Il décroche.

téléspectateurs, je rappelle que tout au long de votre premier mandat vous avez subi, entre autres, ce que l'on appelait à l'époque la crise des Gilets jaunes, un mouvement aux revendications protéiformes qui perdure encore aujourd'hui sous d'autres dénominations.
Ma première question, Monsieur le Président, est donc la suivante : avec le recul, pouvons-nous dire aujourd'hui que cette crise a été le réel déclencheur de cette nouvelle opposition entre extrême droite et extrême vert ?

— Jacky-Jack !

— Monsieur Breton, nous sommes sur zone dans deux minutes. Tout est bon de votre côté ?

L'ancien agent s'efforce de garder un ton enjoué.

— À part que je crève de chaud, tout est OK. Les caméras sont en place, les drones prêts à décoller, les logiciels de reconnaissance tournent à bloc et toutes les communications sur site sont interceptées et traitées.

— Bien.

Gabriel l'entend pianoter sur son portable avant de reprendre :

— Ce meeting s'annonce difficile. Entre les opposants, les militants de l'Ordre et les casseurs, l'ambiance va être plus que tendue. Le risque d'attentat est également élevé.

— La rançon de la gloire.

— La zone a été ratissée de long en large et plus de

trois cents policiers sont déployés jusqu'à l'entrée du Zénith. Andréa et Millie sont dans le véhicule devant moi. Une fois arrivés, on marche cinq cents mètres dans le public. À l'intérieur, le service de sécu de l'Ordre prend le relais.

D'un clic, Gabriel bascule sur les caméras filmant la salle. Une trentaine de mastars aux crânes rasés patientent dans une position militaire.

— Ils ont l'air sympas. J'espère qu'on aura l'occasion de se boire une bière après.

— Je vous demanderai donc de ne pas intervenir, continue Jack comme si de rien n'était. Vous devez rester à votre poste et vous montrer le plus attentif possible. Compris ?

— Ouais, ouais.

— Parfait. On garde le contact durant tout le meeting. Si vous voyez ou entendez la moindre chose, prévenez-moi, mais surtout...

— Je ne bouge pas. J'ai pigé.

— Nous arrivons. Tenez-vous prêt.

Gabriel affiche les images donnant sur l'avenue Jaurès. Le parvis de la Grande Halle est noir de monde. Des centaines de ballons, de banderoles et d'écharpes tricolores s'empilent, se pressent, se bousculent. Gabriel active le son et regrette aussitôt. Le chaos est tel qu'il lui défonce les tympans. Le cortège de voitures s'arrête au niveau de la fontaine aux lions. Les motards de la police nationale se garent sur le trottoir. D'un signe de tête, ils indiquent à leurs collègues de se tenir prêts à contenir les spectateurs. Ceux-ci se rapprochent du public pour le repousser de chaque côté, afin de laisser le champ libre à la candidate. Jack Evans sort du troisième véhicule et rejoint celui de devant au pas de course. Il s'assure que le service d'ordre est en place puis ouvre la portière. Andréa Salvény pose un pied dehors. Un tonnerre d'applaudissements retentit. Chaussures à talons noirs, pantalon rouge vif et tailleur assorti viennent sublimer son teint nacré. Ses yeux bleus, surlignés d'un fin trait d'eye-liner et d'une touche de mascara, font mine de s'écarquiller en découvrant la foule. D'un blond éclatant, ses cheveux sont rassemblés en une queue-de-cheval haute, impeccable, qui dégringole jusqu'à sa nuque. Mélange parfait d'assurance et de séduction, son look résulte d'un brainstorming interminable avec ses équipes de com'.

À sa suite, Millie Lacroix descend de la berline. Robe noire, mèches rouges tombant sur ses épaules dénudées, tatouages apparents. Le cœur de Gabriel s'emballe. Les acclamations du public redoublent d'intensité. Une partie considérable de l'assistance est venue pour voir la star. Et Andréa le sait. La candidate saisit la main de l'actrice et la lève vers le ciel. La foule exulte. Avec ce geste, Andréa a conscience qu'elle encourage les rumeurs sur leur intimité. Le bruit court qu'elles sont bien plus que des collègues de travail. La presse people extrapole à partir de l'orientation sexuelle de Millie, ouvertement lesbienne. Cela ne pose aucun problème à Salvény. Au contraire. Entretenir l'ambiguïté ne fait qu'accroître ses intentions de vote. Elle en tire la modernité dont elle a besoin pour séduire de jeunes électeurs et fait fantasmer par la même occasion le citoyen avide de potins. Elle se sert également de cette prétendue relation pour se démarquer de ses opposants ou pour légitimer certaines de leurs attaques à son encontre. Sans oublier d'instrumentaliser la cause LGBTQIA+ pour stigmatiser les communautés musulmanes, clamant haut et fort que leur intolérance envers ces minorités sexuelles est incompatible avec les valeurs progressistes de la France. L'exercice est cependant risqué. Elle doit veiller à ne pas froisser la partie plus réac' de son électorat. Mais en marquant son affection pour Jack devant les caméras, elle réussit parfaitement ce numéro d'équilibriste.

Andréa et Millie remontent l'allée piétonne menant au Zénith. Elles sourient, saluant et signant des autographes à tour de bras. Autour d'elles, l'excitation est palpable. Les forces de l'ordre peinent à retenir le public. Derrière, Jack porte la main à son oreillette.

— Vous m'entendez toujours ?

— Cinq sur cinq Jacky-Jack, répond Gabriel sans chercher à dissimuler son stress.

— À partir de maintenant, vous êtes nos yeux et nos oreilles, monsieur Breton.

— Qu'est-ce que vous dites ? blague-t-il sans conviction.

Le drone volant à deux cents mètres au-dessus du rassemblement lui renvoie une vision précise de la situation. Le long du parcours, des centaines de militants s'entassent pour acclamer Andréa et Millie. Leur ferveur frôle la folie. À plusieurs reprises, Jack doit intervenir pour empêcher des fans d'approcher de trop près. Malgré cette tension, Andréa continue de sourire et serre des mains à la chaîne, l'air sincèrement heureuse d'échanger avec ses sympathisants. Millie non plus ne laisse rien paraître. Elle se prête au jeu des selfies à répétition sans se départir de son enthousiasme.

— An-dré-a ! An-dré-a ! An-dré-a ! scande une vieille dame.

— L'Ordre Français vaincra ! hurle un adolescent à côté d'elle.

Dans ce bordel ambiant, un mouvement attire l'attention de Gabriel qui réagit au quart de tour.

— Evans, à 100 mètres sur votre droite, un groupe de manifestants vient d'enfiler des cagoules. Décalez-vous sur la gauche ! Je répète, décalez-vous sur la gauche ! Je préviens le service de l'Ordre et j'essaie de pirater leurs portables.

— Bien reçu.

Tandis qu'il transmet le message à l'équipe de terrain, Gabriel voit Jack retenir discrètement les deux jeunes femmes. La sécurité est efficace et les opposants sont exfiltrés en moins d'une minute.

— Parcours dégagé. Vous pouvez reprendre.

— OK.

Plus Andréa et Millie progressent dans l'allée, plus l'excitation gagne les spectateurs. Gabriel les pense d'abord impatients, mais en pointant vers eux le micro de son drone il entend de nouveaux slogans.

— Pas de fachos dans nos quartiers ! Pas de quartier pour les fachos !

— Salvény ! Fasciste ! Police complice ! Salvény ! Fasciste ! Police complice !

— Evans, des antis se sont mêlés aux participants. La sécu est sur le coup, mais restez prudent.

— Bien reçu, répond Jack dont la voix est presque inaudible à cause des cris. Ici ça devient compliqué ! Les flics sont dépassés !

Des projectiles volent. Les forces de l'ordre répliquent. Les hurlements et les insultes remplacent les applaudissements. Andréa continue de sourire. Millie est blême. La foule se resserre autour d'elles. Sur l'écran de Gabriel, le dispositif de reconnaissance indique une nouvelle menace.

— Evans, un autre groupe vient d'arriver sur le toit du Zénith ! Ils sont rentrés par la porte de service !

— Comment ça se fait qu'il n'ait pas été repéré avant ? s'emporte Jack.

— J'en sais foutrement rien. Ils ont dû infiltrer le staff. J'ai prévenu les agents de sécu, mais c'est possible qu'ils aient bloqué l'accès. J'approche un drone pour tenter de les identifier.

Il entame sa manœuvre quand un opposant balance une bouteille vers Millie. La comédienne se baisse de justesse. Gabriel étouffe un juron. Une bagarre éclate entre manifestants. Sur le toit, un cocktail Molotov est allumé.

— Evans, barrez-vous ! Courez vous foutre à l'abri, gueule Gabriel dans son micro.

Des interférences parasitent la ligne.

— Evans ? Evans, vous êtes là ?

Gabriel n'entend plus rien.

— C'est quoi cette merde ? grince Gabriel en tapant sur son clavier.

Nouvelles perturbations. Les écrans deviennent noirs. HS. La panique le gagne. Sueurs froides et bouffées de chaleur fusionnent. Son dos est trempé.

— Jack ? Je ne vois plus rien ! Je suis en aveugle ! Je répète, je suis en aveugle !

Dans la rue, une détonation assourdissante secoue le camion. Gabriel sursaute, se lève, se cogne la tête.

— Bordel !

Une nouvelle explosion fait vibrer ses entrailles. Plus forte, plus brutale. Gabriel se précipite vers l'arrière du véhicule et ouvre les portes à la volée. La cohue est telle qu'il ne voit rien. Une troisième déflagration retentit. Il se jette dans la marée humaine. Il veut courir, mais ses pieds sont entravés par des jambes. Alors il crie, il pousse, il écrase. Rien à faire. Il suffoque, il palpite, il débloque.

— Cassez-vous putain !

Mais quand les gens s'écartent, quand Gabriel comprend ce qui se passe, il est trop tard.

10

Nanterre, siège de l'Ordre Français, 21 h 30

La candidate est debout, appuyée contre la baie vitrée. Dans sa main, elle tient un verre empli d'un whisky hors de prix. Jack est assis devant son bureau, sur le siège de gauche, toujours. Le regard dur, il triture les boutons de sa veste. Près de la porte, Gabriel se ronge les ongles. Il sait que s'il parle il se fera sermonner comme le gamin qu'il n'est plus. Mais fait chier. Autant crever l'abcès tout de suite.

— J'ai cru que vous étiez en danger.

Jack pivote sur son fauteuil pour lui faire face. Il est livide, les lèvres violettes, le regard froid. Il se lève et fait trois pas vers Gabriel.

— Vous n'aviez qu'une seule consigne à respecter, articule-t-il furieux. Une seule. Et il a fallu que vous n'en fassiez qu'à votre tête.

— Tous mes appareils étaient morts, je n'avais plus aucun visuel sur vous, ça partait en vrille dans tous les sens.

— Vous ne deviez PAS sortir de ce camion !

— Ça pétait de partout. Vous auriez fait quoi à...

— Des feux d'artifice ! hurle Jack. C'était juste des putains de feux d'artifice !

Gabriel recommence à se bouffer les ongles.

— Comment on fait si un journaliste vous a photographié ? poursuit le numéro deux de l'Ordre. Si un passant vous a reconnu ? Dois-je vous rappeler que si votre identité est compromise, si le BlackNet apprend que vous travaillez pour nous, vous ne nous servez plus à rien ! Pire ! Ils comprendront que nous tentons quelque chose contre eux et iront s'en prendre d'autant plus violemment à nous ! C'est toute la campagne que vous avez mise en danger ! Et madame Salvény pourrait en être la première victime !

Jack retourne s'asseoir et fixe Gabriel.

— La prochaine fois que...

— Ça suffit, le coupe Andréa.

Le regard dans le vide, elle a dit ça sans bouger, sans élever la voix. Toujours absorbée par sa contemplation de ce ciel printanier. Lorsqu'elle daigne se tourner vers eux, les deux hommes sont surpris de la voir sourire. Elle boit une gorgée, pose son verre sur la commode et s'allume une cigarette.

— Le meeting a pu avoir lieu. Notre message était clair, impactant, et les militants au rendez-vous. C'est le principal.

Andréa avale une bouffée de nicotine en regardant Gabriel.

— En ce qui concerne votre situation, Breton, on attend. On voit comment ça évolue. Si ça fuite, si on apprend que vous bossez pour nous, vous dites adieu à votre petite vengeance sur le BlackNet et vous dégagez. C'est clair ?

— C'est clair.

— Parfait. Vous pouvez disposer.

— Madame Salvény. Monsieur Evans, les salue-t-il en baissant la tête.

— Et n'oubliez pas, dit Jack. D'ici demain, je veux un rapport complet, qui m'explique de façon détaillée ce qui s'est passé pour que votre matériel se retrouve endommagé de cette façon.

— Je m'y mets dès maintenant.

En refermant la porte derrière lui, Gabriel entend Andréa dire : « Appelle-le. » Il vérifie que le couloir est vide et colle son oreille contre le battant.

— Andréa, tu sais bien que c'est risqué, avance Jack. Pour lui, comme pour nous.

— Il faut qu'on lui parle tout de suite ! rétorque-t-elle sèchement.

— À peine arrivé et vous espionnez déjà les conversations ? demande quelqu'un derrière Breton.

Il sursaute avant de découvrir Millie qui l'observe un sourire espiègle aux lèvres. À regret, il s'éloigne du bureau pour la rejoindre.

— Mademoiselle Lacroix, vous m'avez surpris. Je ne vous avais pas entendu.

— J'ai vu ça.

— Comment allez-vous après cette journée, disons... agitée ?

— Oh vous savez, quand on est une grande personne comme moi, on n'a pas peur des pétards, monsieur Breton.

Gabriel baisse la tête pour dissimuler un rire amer.

— Des feux d'artifice, mademoiselle Lacroix. Nettement plus effrayants.

— Si vous le dites, répond-elle sans se départir de son air taquin.

Seuls dans le couloir, ils se dévisagent, se jaugent. Gabriel peut sentir son parfum. Millie observe les cernes qui creusent ses traits. Un pas les séparait. Entendant un bruit provenant du bureau d'Andréa, Gabriel détourne le regard une fraction de seconde. Une fraction suffisante pour que ce moment suspendu s'écroule.

— Il me semble que vous avez encore beaucoup de travail, monsieur Breton.

— Je vois que je ne suis pas le seul à écouter aux portes, réplique Gabriel amusé.

— Bonne soirée.

— À vous aussi.

Millie s'éloigne, emportant avec elle l'odeur enivrante dont Gabriel peine déjà à se souvenir.

11

Paris, 11e arrondissement, 23 heures

N
at vers
s rues de l itale,
s'engo ton de c ir
C ire dans cet état éta ngereux. sensé.
El heur empêc les
s citations de toutes parts. P pagandes, théories du
c ot,
b iments... E ouvait plus. Elle ne pou r,
les les sup
orter. Ça d trop dur. re prison-
nier d'un marionnette do
nt elle sonnage ncipal. Elle arrive. le quand ça s
alm le quand ell uvoir se fugier d on ocon
préféré.

D'un coup de guidon rapide et précis, Natsé se gara sur ce qui ressemblait plus ou moins à une place de stationnement. À califourchon sur sa bécane, le moteur coupé, elle laissa les derniers effets se dissiper avant d'ôter son casque. Elle traversa la rue pour éviter le groupe de passants avinés qui se dirigeait vers elle et longea les numéros impairs. Malgré l'heure avancée, les écrans disposés sur certaines façades diffusaient encore et toujours des débats entre polémistes s'acharnant à persuader le monde de la pertinence de leurs propos. Natsé baissa la tête, préférant fixer le sol crasseux plutôt que leurs visages ternis par la haine. Elle était presque arrivée quand une main poisseuse agrippa sa cheville. Natsé ne cria pas, ne chercha même pas à se dégager tant l'emprise était frêle.

— Désolée, je ne voulais pas t'effrayer, dit une voix fluette à toute vitesse. T'aurais pas un peu de monnaie ?

Il s'agissait d'une adolescente, quinze ou seize ans à peine. Ses vêtements étaient déchirés à plusieurs endroits et ses mains noircies par la rue. Usés par la fatigue et la peur, ses traits étaient encadrés d'une crinière blonde et hirsute. En dépit de ce piteux état, ça se voyait que la gamine était nouvelle dans la street. Des traces d'un maquillage passé étaient encore visibles sur sa peau, sans oublier qu'elle se trouvait dans un quartier où les clodos n'étaient pas les bienvenus. Genre, vraiment pas.

— Si t'as pas d'argent, t'as peut-être une cigarette ?

Natsé resta bloquée un moment, happée par les yeux de cette fille. Qu'est-ce qui avait pu amener une gamine à se retrouver là ? Tellement de choses à vrai dire. Depuis longtemps maintenant, la pauvreté relative s'était faite écraser par l'absolue. Sous la pression financière, des familles entières volaient en éclats, laissant ces jeunes à peine sortis de l'enfance livrés à eux-mêmes.

— T'as un portable ? demanda Natsé.

Avec méfiance, l'ado sortit son smartphone et s'y cramponna des deux mains. Natsé s'agenouilla devant elle pour lui montrer qu'elle n'avait pas l'intention de le lui voler. Un relent de déodorant, qui serait bientôt dissipé par l'odeur de la misère, lui chatouilla les narines.

— Sia, transfère trois CRYPTO, please.

L'assistant personnel s'exécuta et la mendiante écarquilla les yeux en voyant le montant apparaître sur son téléphone.

— Waw... Je... Je ne sais...

— Dépêche-toi de les échanger contre du cash, t'es quasi à sec de batterie. Et tu ferais mieux de te barrer d'ici. Avec tous les dispositifs anti-SDF dans le coin, tu vas jamais fermer l'œil de la nuit.

L'ado acquiesça, mais déjà Natsé lui tournait le dos pour continuer sa route. Elle aurait aimé faire plus. La prendre dans ses bras, la réconforter, lui dire que tout allait bien se passer. Ça ne servait à rien. La bercer d'espoir n'aurait fait que l'endormir face aux dangers. Arrivée devant un bel immeuble haussmannien, Natsé enfonça l'une des touches de cet interphone qu'elle connaissait maintenant mieux que le sien. Une voix aiguë, presque enfantine, lui répondit immédiatement.

— Oui ?

— C'est moi. Tu m'ouvres ?

— Bon, puisque t'es là, fit mine d'hésiter son hôte.

La porte se libéra dans un bruit de buzzer et Natsé dut appuyer dessus de tout son poids pour l'ouvrir. Elle ne prit pas la peine d'appeler l'ascenseur et grimpa directement au second. L'appartement était entrouvert, telle une invitation à rejoindre celle qu'elle désirait voir. Une bouffée de chaleur, intense mélange d'excitation et de stress, se répandit dans tout son corps.

— Il y a quelqu'un ?

Au bout du couloir, sous l'alcôve menant au salon, Millie Lacroix apparut.

— Salut, toi.

D'une démarche mesurée, où pointait tout de même la hâte, les deux femmes se retrouvèrent pour s'embrasser tendrement. Enfin. Leur étreinte s'achevant, Millie remarqua les pupilles dilatées de son invitée.

— Nat... T'as encore les yeux défoncés.

Le regard de Natsé prit la fuite et elle dépassa Millie pour s'asseoir dans l'imposant canapé d'angle.

— On en a déjà parlé, dit-elle. Ça m'arrive d'en prendre quand je sors. Ça m'apaise, c'est tout.

Millie resta debout, les bras croisés comme un rempart aux arguments de Natsé.

— Sans ça, je pense que je péterais un câble. Non, mais t'as remarqué ? On ne peut plus faire un pas dehors sans être sollicitée, sans qu'on essaie de te vendre tel ou tel truc qui va soi-disant révolutionner ta vie ou qu'on cherche à récupérer ta voix en t'abreuvant de nouvelles anxiogènes qui te pourrissent l'esprit. Les discours des politiques sont de plus en plus fous, de plus en plus violents. C'est la course à celui qui tiendra le propos le plus choquant.

— Je sais, concéda Millie.

— Et je ne te parle pas de leurs militants qui s'attaquent aux journalistes ou qui tabassent des associations humanitaires. Et personne ne dit rien, personne ne s'offusque plus en voyant ces dérapages qui sont devenus la norme. Mais moi, ça me colle une boule au ventre à longueur de journée. Donc oui, parfois, je prends un peu de Silencio pour m'éloigner de tout ça. Tu comprends ?

— Mais bien sûr que je comprends. Ça me fait juste chier de savoir que tu t'abîmes le crâne.

— Sans ça ce serait pire.

— Et pourquoi tu continues à écouter leurs conneries alors ?

Natsé entreprit d'ôter ses chaussures, ses doigts se battant nerveusement avec ses lacets.

— Déjà parce qu'on n'a pas vraiment le choix. Les politiciens se sont approprié les codes du marketing et ont compris que leurs discours avaient plus de chance d'atteindre leurs cibles s'ils étaient répétés en boucle, encore et encore. Messages, mails, pop-ups... Tous les moyens sont bons. Du coup, ils sont partout : télé, radio, réseaux, métro. Et aussi parce que je suis une citoyenne, une journaliste et que j'ai pas envie de faire l'autruche.

— Et les techniques de relaxation dont je t'ai parlé ? Se concentrer sur une voix, sur une respiration, sur un poème ?

— Désolée, je crois qu'ils m'ont trop matrixée pour que ça fonctionne. Mais t'inquiète, mon cerveau va très bien. Allez, viens te poser, dit Natsé sur un ton plus calme. On va pas se prendre la tête.

Millie fit une moue dubitative, mais accepta de changer de sujet.

— Je te sers quelque chose ?

— Avec plaisir.

— J'ai un riesling de Norvège, ça te tente ?

L'élévation constante des températures ne permettait plus de cultiver de tels cépages en France ou en Allemagne. Pas de problème, au lieu de trouver des solutions durables au réchauffement climatique on se contentait de techniques d'appoint, du style délocaliser les vignes pour continuer de produire. La fameuse stratégie du sparadrap sur l'hémorragie.

— Vendu.

En face de la table basse, Natsé avisa le manteau de Millie jeté négligemment sur un fauteuil recouvert d'une toile de lin.

— Tu viens de rentrer ?

Deux verres tintèrent l'un contre l'autre, libérant une note cristalline qui mourut lorsque Millie les remplit.

— Oui, on a eu quelques complications au boulot, dit-elle en tendant son breuvage à Natsé.

— Rien de grave ?

— Rien qui vaille la peine d'en parler.

Les deux femmes trinquèrent et burent leur première gorgée en silence. Feignant de profiter de l'instant, taisant ce qui pesait sur elles telle une chape de plomb. Désireuse de repousser encore un peu l'inéluctable, Natsé s'empara d'une pile de feuilles rangée sous la table.

— T'es en train de bosser un texte ?

Millie joua le jeu.

— Ça tombe bien que tu en parles, dit-elle joyeusement.

— Non s'te plaît, fit mine d'implorer Natsé. J'aime pas faire ça.

Millie se pencha vers elle pour lui déposer un baiser au creux du cou. Un frisson parcourut l'échine de son amie, du bas du dos jusqu'à la nuque.

— T'abuses.

L'actrice ne put s'empêcher de rire devant cet aveu de faiblesse. Excitée à l'idée de répéter sa scène, elle saisit un élastique sur son poignet et attacha ses cheveux pourpres. Installée confortablement, elle lui expliqua :

— C'est une pièce de Jean Giraudoux qui s'appelle *Amphitryon 38.*

— Il en a écrit trente-sept avant ? railla Natsé.

Millie haussa les yeux au ciel, tout en souriant à cette mauvaise blague. Elle prit le texte des mains de Natsé et le feuilleta jusqu'à la page qu'elle cherchait.

— Tiens, scène trois. Tu fais Amphitryon et je fais Alcmène.

— OK, OK.

— Ah attends ! Faut que je m'enregistre !

Millie déverrouilla son portable et lança le dictaphone.

— Ensuite j'écoute, et je vois si je suis fausse ou pas, se justifia-t-elle devant l'air intrigué de Natsé. On peut y aller. *Je t'aime, Amphitryon,* déclara-t-elle d'un ton soudainement grave.

Mal à l'aise, Natsé se racla la gorge avant de répondre d'une voix monocorde :

— *Je t'aime, Alcmène.*

— *C'est bien là le malheur ! Si nous avions chacun un tout petit peu de haine l'un pour l'autre, cette heure en serait moins triste.*

— *Il n'y a plus à nous le dissimuler, femme adorée, nous ne nous haïssons point.*

— *Toi, qui vis près de moi toujours distrait, sans te douter que tu as une femme parfaite, tu vas enfin penser à moi dès que tu seras loin, tu le promets ?* demanda Millie.

Perturbée par la beauté de son jeu, Natsé ne répondit pas, laissant le silence envahir la pièce.

— C'est à toi, lui murmura son amie.

— Heu... Oui, je... *J'y pense déjà, chérie.*

— *Ne te tourne pas ainsi vers la lune*, poursuivit Millie en souriant. *Je suis jalouse d'elle. Quelles pensées prendrais-tu d'ailleurs de cette boule vide ?*

— *De cette tête blonde, que vais-je prendre ?*

— *Deux frères : le parfum et le souvenir... Comment ! Tu t'es rasé ? On se rase maintenant pour aller à la guerre ? Tu comptes paraître plus redoutable, avec la peau poncée ?*

— La vache, je ne pige rien, marmonna Natsé avant de reprendre. *J'abaisserai mon casque. La Méduse y est sculptée.*

— *C'est le seul portrait de femme que je te permette. Oh ! tu t'es coupé, tu saignes ! Laisse-moi boire sur toi le premier sang de cette guerre... Vous buvez encore votre sang, entre adversaires ?*

Natsé posa sa main sur la joue de sa compagne. Elle laissa passer un silence et déclama sa dernière réplique :

— Oui, bien sûr. Allez... roule-moi une pelle maintenant.

Millie éclata de rire, tandis que Natsé fondait sur elle, la bouche en cul-de-poule.

— Arrête !

— Quoi ? s'indigna Natsé. J'essaie juste d'apporter une petite touche de modernité.

— Super, je vais leur ressortir ça au casting demain.

D'un commun accord, elles abandonnèrent le texte pour déguster une nouvelle gorgée de vin. Natsé s'enfonça dans les coussins du sofa, Millie regarda ses pieds, le moment était arrivé.

— Bon... Et toi ? Comment ça se passe le... le boulot ? demanda Millie.

— Tu veux vraiment parler de ça ?

La comédienne releva la tête pour fixer un point invisible.

— Pas vraiment, mais je crois que ce serait pire de ne rien dire.

Natsé fit glisser son doigt sur le rebord de son verre, voulant rejouer la note de tout à l'heure, comme une vaine tentative de retour en arrière.

— On continue de préparer la mission. On est encore en phase d'observation, mais c'est essentiel pour que ça marche. C'est long, mais ça me permettra d'être opérationnelle pour la suite.

— Et les Administrateurs ?

— Ils sont sur les nerfs. Faut dire que la situation empire. Les attaques contre la Sauvegarde se multiplient, elles sont de plus en plus poussées. Les Admins ont raison, si on ne fait rien ça craquera un jour ou l'autre.

Millie termina son verre et se leva pour s'en servir un autre. Pour se donner un peu de contenance aussi. En versant le liquide doré, elle ne put s'empêcher de poser la question à l'origine de tant de nuits blanches :

— Tu sais quand vous allez commencer ?

Elle aurait voulu demander ça l'air de rien, elle aurait voulu s'en foutre de la réponse. Parler de ça comme on parle de la pluie et du beau temps. Comme lorsqu'on demande à quelqu'un si ça va en guise de bonjour, sans attendre de réponse en retour. Comme si ce n'était qu'un projet parmi tant d'autres, un travail comme les autres. Ce n'était pas le cas. Sa voix flancha et Natsé l'entendit. Elle rejoignit Millie près du bar séparant la cuisine du salon. La jeune femme s'y appuyait des deux mains, soutien sans lequel elle paraissait pouvoir s'écrouler à tout moment. Natsé la serra contre elle, doucement, tendrement, lui transmettant la chaleur de son corps. Elle ponctua sa peau de baisers, de la nuque jusqu'aux épaules, se laissant enivrer par l'odeur de ses cheveux carmin.

— Tu sais très bien que dès que j'ai la moindre info tu seras la première au courant.

— Vous n'avez même pas une idée ?

— Je n'ai aucun pouvoir de décision là-dessus, trop de facteurs entrent en jeu. Si les Admins préfèrent attendre, je n'ai pas d'autre choix que de leur faire confiance.

— Nat... Je ne comprends pas pourquoi tu t'infliges ça.

— Tu sais bien pourquoi.

D'un coup d'épaule, Millie la repoussa.

— Non, justement ! J'en sais foutrement rien, mais vas-y explique-moi !

Sa rage était palpable. Sa détresse aussi. Natsé ignorait quelle attitude adopter. Douée avec les IA, moins avec les humains, elle recula de deux pas. Comme si elle se trouvait face à une bête féroce. Le pire, c'est que cette question que Millie lui jetait à la gueule, elle se l'était posée des centaines de fois. Elle s'était trituré le cerveau, imaginant mille excuses, mille raisons de refuser ce que les Admins lui demandaient. Pour arriver tout le temps à la même conclusion : celle qui lui imposait d'accepter. Mais poser des mots sur ses douloureuses réflexions n'était pas son fort. Elle essaya quand même, de manière brouillonne et désordonnée.

— Parce que si tout le monde attend en se disant que c'est à l'autre d'agir, il ne se passe jamais rien. Parce que si on les laisse faire, c'est la vie privée et la liberté d'opinions qui vont disparaître. Parce que là, nous avons une occasion unique de renverser la situation, de faire bouger les choses pour de bon. Et parce que si je ne le fais pas, si je refuse sans même essayer, je crois que je ne pourrai plus jamais me regarder en face.

Elle s'interrompit, avant de reprendre dans un murmure, presque pour elle-même :

— Critiquer sans agir c'est cautionner. Et cautionner ce qui est en train de se passer c'est hors de question pour moi.

— Alors qu'à moi ça ne me pose pas de problème, c'est ça ?

— Je n'ai pas dit ça.

— Moi je ne suis qu'une petite bourgeoise d'actrice qui pense qu'à son cul et à ses films de merde ?

— Millie...

Elle ne l'écouta pas, emportée par sa colère se déversant comme l'eau boueuse d'un torrent.

— Et toi alors ? Toi, tu ne fais pas ça pour la gloire peut-être ? Tu ne fais pas ça pour être celle qui nous sauvera tous ? Celle qui sait tandis que nous, pauvres cons que nous sommes, on se vautre dans notre bêtise en fermant les yeux. Car, finalement, ce système ne nous déplaît pas tant que ça, singea Millie. C'est ça que tu penses des autres ? C'est ça que tu penses de moi ?

— Peut-être.

Le silence tomba, puis éclata sous les pleurs.

— Millie... viens là. Je ne voulais pas dire ça.

— Mais le pire, c'est que je sais que tu as raison,

dit-elle en empêchant Natsé de l'enlacer. C'est pour ça que je me suis rapprochée de Salvény.

— T'étais pas obligée de faire ça.

— Et sinon quoi ? Je t'abandonne en te laissant croire que je me fiche de tout ça ? Non, il fallait que je fasse quelque chose. Que j'agisse, comme tu le dis si bien.

— Ça peut vraiment être dangereux.

— Sans déconner, sourit Millie en essuyant une larme qui s'écrasait au coin de ses lèvres.

Cette fois, Natsé réussit à la prendre dans ses bras.

— Je crois que ça me rassure quand même que tu sois avec moi dans cette galère.

— Ah bah j'espère, ironisa Millie. Je commençais à penser que je faisais tout ça pour rien.

— Je t'aime.

— Moi aussi, je t'aime. Plus que tout.

Dehors, la pluie s'abattait sur le pare-brise d'un SUV noir garé au pied de l'immeuble, déformant les lumières de la ville scintillant au travers. Derrière le volant, Gabriel Breton ouvrit un carnet relié cuir et y inscrivit une série de chiffres. Il le reposa soigneusement dans la boîte à gants et saisit le dictaphone qui se trouvait à côté. Sans détacher les yeux de la fenêtre de l'appartement situé au deuxième étage, il articula le plus distinctement possible :

— Rapport de l'agent Gabriel Breton. Enregistrement sur bande n° 362. Filature de la dénommée Millie Lacroix jusqu'à son domicile. À 23 heures 0-0, une femme munie d'un casque de moto se présente. Toutes mes tentatives pour accéder à son cellulaire ont échoué.

Celui-ci est crypté. D'une manière complexe et inhabituelle pour une civile lambda.

Breton marqua une pause puis reprit :

— Il semblerait que nous ayons trouvé d'où vient la faille. Fin de l'enregistrement.

12

Paris, 12e arrondissement, 19 heures

Qu'est-ce qu'elle foutait ? Pourquoi elle s'était engagée là-dedans ? Ce que lui demandaient les Admins exigeait bien trop de sacrifices. D'accord, c'était la merde, mais est-ce qu'il fallait en passer par de telles extrémités ? Elle songea à son père mutilé alors qu'il se battait pour ses idées puis à sa mère, contrainte de partir d'une ville qui ne voulait plus d'elle alors qu'elle avait déjà quitté l'Érythrée, parcouru le Soudan, affronté le désert de Libye et survécu à la traversée de la Méditerranée sur une embarcation de fortune. Elle entendit à nouveau les remarques que celle-ci avait essuyées sur sa manière de s'habiller, de parler, de manger. On lui reprochait de ne pas faire assez d'efforts... Et l'intégration dans tout ça ? Si ces fils de chiens avaient vécu le quart de ce qu'elle avait subi, auraient-ils eu la force d'abandonner les derniers signes qui les rattachaient à leurs origines ? L'adolescente croisée devant chez Millie lui revint en mémoire. Ses mains sales et son visage immaculé. Comme si la crasse de la rue gagnait/grignotait peu à peu son corps, telle une maladie sans remède. Une vague de haine déferla dans son ventre, faisant remonter à la surface toutes les injustices dont elle avait été témoin. Ce raz de marée parut durer une éternité et seule une rage encore plus violente fut capable de le repousser. Natsé tremblait, ses dents grinçaient, elle n'en pouvait plus. Elle n'en pouvait plus de toujours chialer, d'avoir peur, de se cacher pour exister. Sa décision était prise. Elle irait jusqu'au bout.

Depuis l'avenue, elle observait Millie à travers la vitrine du bar où elle lui avait donné rendez-vous. La jeune femme scrollait, enroulant une de ses mèches vermeilles autour de son index. Natsé aurait pu rester là des heures. Quoi qu'elle fasse, même quand elle ne faisait rien, Millie était belle. Subjuguée par sa façon d'être, Natsé continua de l'épier. Sa manière de croiser et de décroiser les jambes, d'humecter ses lèvres en les pinçant, de jeter des coups d'œil discrets aux gens, faisant mine de regarder son écran. Elle rayonnait et Natsé se laissait éblouir avec plaisir. Convaincue que ce charisme naturel, associé à une énorme dose de travail et une gentillesse rare, ferait d'elle la grande actrice qu'elle était amenée à devenir.

Un bus passa devant elle, dissimulant Millie un bref instant. Suffisamment long pour que Natsé s'arrache à ses pensées.

— Sia, appelle Millie.

La sonnerie retentit. Natsé la vit regarder son portable, esquisser un sourire et décrocher.

— Alors, qu'est-ce que tu fais ? demanda-t-elle gaiement. J'ai soif moi. Déjà que tu me fais venir à l'autre bout de Panam là.

— Je suis devant le bar.

En entendant sa voix, le visage de Millie se décomposa, vidé de toute trace de joie.

— Pose ton portable sur la table et sors, enchaîna Natsé en luttant pour ne pas laisser la tristesse l'envahir. Tu me suis en restant trois mètres derrière moi.

— Ouais... OK.

— Je t'attends.

Natsé coupa la communication et suivit Millie des yeux. La jeune femme résista à l'envie de regarder dehors et ôta sa veste zip pour cacher son téléphone. Elle quitta le bistrot et mit un pied dans la frénésie de la rue. Natsé n'avait pas choisi ce moment par hasard. À cette heure, la ville battait son plein, pulsant au rythme des véhicules et des passants. Dès qu'elle vit que Millie l'avait repérée, elle se fondit dans la cohue. Bousculades, esquives, slaloms, elle bifurqua vite fait dans une venelle moins fréquentée, jonchée d'urine et d'ordures. Au bout, elle prit sur sa droite, tourna à gauche, longea un parc, vira une seconde fois à droite et arriva derrière le Musée national de l'immigration. En repérage la nuit passée, elle avait remarqué cet endroit, fermé depuis un an suite à un incendie criminel. Entre l'enquête et le manque de subventions, les travaux venaient seulement de démarrer. Millie toujours dans ses pas, Natsé s'avança vers les barricades séparant la rue de la zone de chantier. Elle s'y adossa pour vérifier que personne ne les suivait et, avec une grâce féline, s'aplatit sur le sol puis roula sous la barrière qu'elle était venue surélever la veille. Trente secondes plus tard, Millie l'imita pour la rejoindre sous un échafaudage.

— Personne ne t'a vue ?

— Non, c'est bon. Mais y a pas de vigiles ici ?

— J'ai piraté le site de la boîte de sécu. L'équipe se prend une pause entre 19 heures et 19 h 30. Ça nous laisse un peu de temps.

Millie leva la tête vers la façade encore noircie par les flammes.

— Alors ça y est, tu vas commencer ?

— Oui. Les Administrateurs m'ont contactée hier soir.

— C'est pour quand ?

— Bientôt.

Les yeux de Millie s'embuèrent de larmes, étincelant sous les lumières de la ville. Natsé sentit sa vue se brouiller sous l'effet du désespoir, déchirée d'être à l'origine du malheur de celle qu'elle aimait.

— On s'était promis de ne pas pleurer, parvint-elle à articuler.

— J'ai l'impression que je vais crever putain.

Natsé posa son front contre le sien, mêlant son souffle à celui de Millie.

— Ça va bien se passer. Pour toi, pour moi, pour nous. Ça va aller.

— T'en sais rien.

— Je sais qu'on fera tout pour.

— T'es sûre que tu te rappelleras de moi ?

— Je pense à toi tout le temps, Millie. Chaque jour, chaque minute, chaque seconde. Quand je ne suis pas avec toi, je m'imagine ce que tu fais, ce que tu dis, ce que tu manges. Je me souviens de nos soirées, de nos fous rires, de nos réveils. Collées l'une à l'autre. Je me rappelle ton odeur, ta peau, tes seins, le goût de tes lèvres. Comment je pourrais oublier ça ?

Les bras de Millie se nouèrent autour d'elle, seule attache que Natsé chérissait.

— Promis ?

— Juré.

Les deux femmes s'embrassèrent longtemps, tendrement, se projetant dans un monde où leur amour régissait toutes les lois. Pourquoi devaient-elles le quitter déjà ? Ah oui...

— On ne va pas pouvoir se voir pendant quelque temps, lui dit Natsé. Mais si tu continues de te rapprocher de Salvény et son équipe, on devrait pouvoir rester en contact.

— Je te promets de faire tout ce que je peux.

— Millie, j'ai conscience du sacrifice que ça te demande. Réfléchis bien.

Sa bouche esquissa un sourire, tandis que ses yeux pleuraient toujours.

— Ne t'inquiète pas. Je sais pourquoi je fais ça.

Les deux femmes s'étreignirent une dernière fois. Il était l'heure de se dire adieu.

13

Aubervilliers, boulevard Thérèse-Clerc, 21 heures

[Les produits laitiers, toujours là pour vous régaler.
Les produits laitiers, pour une alimentation équilibrée.
Les produits laitiers, pour une agriculture raisonnée.
Les produits laitiers, le meilleur moyen d'être en bonne santé.]

Le feu cessa sa ritournelle et passa au vert. D'un coup de poignet, Natsé accéléra pour devancer les autres véhicules et leurs émanations toxiques.

— Votre destination se situe à cent mètres sur votre droite.

En effet, l'enseigne crasseuse d'un garage auto surplombait la chaussée. Elle mit son clignotant et entra sur un parking jonché de carcasses de bagnoles. Certaines calcinées, d'autres désossées, la plupart volées. Elle se gara et coupa le contact, faisant taire les toussotements de plus en plus inquiétants de sa 125. Privée des courants d'air que sa conduite audacieuse lui apportait, elle sentit le cagnard s'abattre sur elle. L'enseigne de la pharmacie d'en face indiquait 44 degrés. Mais difficile de porter une tenue plus légère que son short en jean et son débardeur noir. Encore aujourd'hui, seuls les hommes avaient le privilège de se balader torse nu sans se prendre la moindre remarque.

Natsé passa devant la réception, fermée, et se laissa guider par le doux son de scie circulaire provenant de l'atelier à côté. L'entrée réservée aux véhicules était close par un grand rideau de fer, mais l'accès piéton restait entrouvert.

— Y a quelqu'un ?

La lame continua son œuvre sans broncher. Natsé frappa contre la porte en acier, bien décidée à se faire entendre. L'écho de ses coups se répandit dans le garage et la circulaire daigna enfin s'arrêter. Une voix caverneuse prit le relais.

— On est fermés ! Revenez demain !

La découpe recommença de plus belle.

— Quel accueil, maugréa-t-elle.

Têtue, la jeune femme poussa la porte et entra dans le hangar. Haut de plafond et tout en longueur, l'endroit était bien plus propre que ce que le parking laissait deviner. À part une Tesla flambant neuve garée sur un pont et un vieux Trafic de 2020 stationné contre le mur du fond, le lieu était clean. Dos à Natsé, devant un établi soigneusement rangé, un homme torturait une pièce de métal prise en étau. La pluie d'étincelles qui en résultait venait rebondir contre sa peau sans qu'il semble s'en apercevoir. Il était grand, plus de deux mètres estima Natsé, et massif. Son marcel laissait deviner un corps musculeux, habitué à l'effort, et ses bras étaient épais, dessinés.

— C'est vous le Sauveur ? gueula Natsé pour couvrir le vacarme.

Il ne sursauta pas, ne se retourna pas, se contentant de poursuivre sa tâche. Natsé, pensant qu'il ne l'avait pas entendue, s'apprêtait à insister quand la machine s'arrêta enfin. L'homme la débrancha, souffla dessus pour la nettoyer et la posa à un endroit de l'établi où la silhouette de l'appareil était tracée au marqueur. Il ôta ses lunettes de protection, les rangea à la place qui leur était réservée et, lentement, se tourna vers celle qui l'importunait. Ses mains, aussi larges que les cuisses de Natsé, passèrent sur un visage fatigué, où les cicatrices se mêlaient aux rides naissantes.

— Fillette, commença-t-il de sa voix profonde, qui que tu sois, ne crie plus ce nom comme ça. C'est clair ?

— Ça me va. Mais en échange, plus jamais de « fillette » avec moi. C'est clair ?

— Gamine ?

— Non plus.

— Ça marche. Tu peux fermer la porte s'il te plaît ?

Natsé s'exécuta, atténuant le tumulte de la rue. Le Sauveur, à peu près la cinquantaine, s'assit sur le tabouret à côté de lui et sortit un paquet de cigarettes. Il le tendit à Natsé qui déclina en exhibant sa vapoteuse. Levant les yeux au ciel, il s'alluma une clope et s'accouda à la table, son épaisse tignasse grisonnante dégringolant sur ses épaules. Natsé aimait bien les types dans son genre. Les gueules cassées qui restaient classes.

— Alors c'est toi qu'ils envoient au casse-pipe ?

— Il semblerait.

— Et toi, t'as dit oui ?

— Il semblerait.

Natsé et le Sauveur restèrent un instant à se dévisager

à travers leur halo de fumée, un sourire au coin des lèvres. Le gaillard s'arracha à ces yeux en amande et marcha sans un mot vers le pont élévateur. Il pressa le bouton vert situé dessus et le système hydraulique souleva la Tesla à hauteur d'homme. Sans se hâter, il alla ensuite jusqu'au camion garé au fond de l'atelier. Il ouvrit la porte côté conducteur et mit le contact, faisant cracher au fourgon un nuage grisâtre.

— On part en road trip ?

— Plus ou moins. Mais je suis pas sûr que t'apprécies le voyage.

Natsé ne bougea pas, se demandant ce qu'il faisait en enfonçant tour à tour les interrupteurs du tableau de bord. Warning, clignotant droit, code, phare, clignotant gauche... La séquence était longue et compliquée et elle avait perdu le fil. Le Sauveur actionna une dernière fois les essuie-glaces. Un bruit sourd résonna au niveau du pont. Le garagiste saisit une tige en acier qui reposait contre un mur puis revint sur ses pas. Natsé le suivit et remarqua alors la cavité d'environ deux centimètres que la Tesla dissimulait. Le Sauveur y planta la barre de fer et fit levier en appuyant dessus de tout son poids. Peu à peu, un bloc rectangulaire se détacha du sol. Comprenant enfin ce qu'il voulait faire, Natsé joignit ses forces aux siennes pour libérer le passage souterrain. Le morceau de granit s'éleva doucement, puis bascula dans un fracas assourdissant. En se penchant au-dessus de la trémie, Natsé vit un escalier en colimaçon s'enfoncer dans les profondeurs.

— Suis-moi.

Le Sauveur ouvrit la marche en éclairant le chemin à

l'aide d'une lampe torche au faisceau hésitant. Ils arrivèrent dans un couloir étroit, si bas de plafond que Natsé tenait à peine debout. Son guide, lui, avançait plié en deux, à la manière d'un vieillard. La chaleur était étouffante et une odeur âcre prenait Natsé à la gorge.

— Faut pas être claustro ici, dit-elle en se bouchant le nez.

— C'est pas pire qu'un mall blindé de connards.

— Vu comme ça...

Ils passèrent devant une dizaine de portes métalliques, puis s'arrêtèrent au niveau de la dernière. Un clavier numérique en gardait l'entrée, mais le Sauveur le dompta en tapant un code à huit chiffres. Un bip approbateur retentit. Il posa ensuite son index sur le capteur biométrique qui venait d'apparaître. Un nouveau tintement valida son empreinte et l'accès se déverrouilla. Une rangée de néons blafards clignota, permettant à Natsé de découvrir la salle. La passionnée qu'elle était ne put s'empêcher d'émettre un sifflement impressionné. Le long des murs, ordinateurs, écrans et serveurs tournaient à plein régime. Un imbroglio de fils et de câbles s'échappait de l'ensemble pour serpenter de manière anarchique du sol au plafond. Tous se trouvaient cependant reliés à un appareil imposant, trônant au centre de la pièce.

— C'est une vraie usine votre truc.

— T'avais jamais vu de Back avant ?

— Juste des plans.

— On en planque plusieurs ici. Pour ça qu'on est vigilant niveau sécurité.

— Plusieurs ? Un, ce n'est pas assez ?

— Ceux qui peuvent s'en payer un sont plutôt rares.

Ils préfèrent se la jouer discret et éviter d'avoir ça qui traîne dans leur salon. Du coup, ils viennent ici.

— Ça doit être un bon business.

— Moi mon business c'est les bagnoles. Ça, c'est pour la cause. Les Admins m'ont fourni le matos, je me charge juste de l'entretenir et de le mettre à dispo de ceux qui en ont besoin.

Natsé fit le tour de l'engin perfusé de partout. Ce coffre en acier était suffisamment grand pour qu'un adulte de bonne taille puisse s'y allonger. Sur tout le long de l'armature métallique couraient des câbles, boutons et composants électriques. À chaque extrémité, des jauges aux écrans poussiéreux indiquaient les différents niveaux de l'appareil. Quand elle se pencha au-dessus, Natsé vit que l'intérieur était à moitié rempli d'eau. Dans le fond de ce qui s'apparentait clairement à un cercueil 2.0, elle distingua des capteurs et des transducteurs. Leur concentration se densifiait au niveau d'un appuie-tête rustique à destination de la personne venue s'uploader.

— Tu vois comment ça marche la Sauvegarde ?

— Ouais, j'ai quand même quelques bases, dit-elle sans lâcher le Back des yeux. Les consommateurs de Silencio commencent à devenir gâteux, du coup ils entrent dans l'un de ces engins pour télécharger leurs souvenirs et tout ce qui constitue leur personnalité. Comme ça, dès que le Silencio leur provoque une nouvelle crise d'amnésie, ils peuvent se loguer pour visionner leur passé et renouer avec eux-mêmes. C'est bien ça ?

— Tout bon. J'ajouterai juste deux trucs. Primo, il faut s'y brancher régulièrement pour sauvegarder les événements récents. Secundo, la première fois qu'on s'y connecte, c'est un peu spécial.

— C'est-à-dire ?

Le Sauveur alluma un PC et tapa une succession de commandes sur le clavier. Des ronflements s'élevèrent des autres machines et l'eau du Back se teinta d'une lueur bleutée.

— Toi c'est ta première sauvegarde c'est ça ?

— C'est ça, répondit Natsé en se demandant ce qu'il allait lui annoncer.

— Eh bien tu vas avoir une quantité d'infos énorme à télécharger. Toute ta vie pour faire simple. Ça va générer un flux de données tellement costaud que ça peut entraîner une surcharge.

— Super.

— C'est pour ça que je suis là. Pour réguler cette masse de datas.

— Sinon ?

— Sinon, tu peux tout perdre. Ta mémoire, ton identité, parfois même l'usage du langage. Ça peut provoquer des états de démence ou carrément te griller le crâne version barbecue.

— Et me faire devenir aussi vif qu'un bulot ?

— Qu'un bulot très très con, ouais. J'ai vu des types se transformer en zombies en un claquement de doigts.

Le Sauveur joignit le geste à la parole et le son se répercuta contre les murs de la pièce. Natsé avait de plus en plus chaud. Ou de plus en plus froid. Elle ne savait pas trop.

— Eh bien... c'est chouette tout ça. Que des bonnes nouvelles.

Son hôte tapa une nouvelle ligne de codes.

— Je ne suis pas au courant de tout, mais, d'après ce que j'ai compris, tu t'apprêtes à faire un truc plutôt risqué, quelque chose qu'on n'a pas encore expérimenté. Et ça peut avoir des conséquences dégueus. C'est pour ça que les Admins t'ont envoyée ici pour tout sauvegarder.

— Vous êtes balèze pour rassurer les gens vous.

— Ce n'est pas mon rôle, grommela-t-il en continuant de pianoter. Moi ce que je veux, c'est que tu captes bien ce dans quoi tu t'engages.

— Ne vous en faites pas pour moi. Et puis, vu que je prends du Silencio, j'imagine que la Sauvegarde est inévitable.

— T'en bouffes depuis combien de temps ?

— Huit mois.

Le Sauveur leva le nez de son clavier pour la regarder, les sourcils froncés et la bouche pincée.

— Et t'as jamais eu d'absences ou de trous noirs ?

— Parfois.

— C'est étonnant que t'aies pas encore déjà eu à t'uploader. Mais ce qui est sûr, et je suis désolé de te l'apprendre, c'est que ton cerveau te lâchera un jour ou l'autre. Le Silencio bloque certaines connexions neuronales pour te couper du monde extérieur. Avec le temps, ça finit par les endommager pour de bon. Et lorsque ça arrive, c'est ta mémoire qui trinque. D'abord celle sur le court terme, puis, au bout de quelques années, tu ne reconnais même plus ta daronne et c'est l'Alzheimer précoce qui frappe à ta porte.

— C'est douloureux ?

— D'être Alzheimer ? Si ça permet d'oublier le monde de merde dans lequel on vit, c'est plutôt positif.

Natsé ricana malgré le stress qui lui cisaillait le bide.

— Non, la première Sauvegarde. Ça fait mal ?

— Je sais pas si on peut dire que ça fait mal. Mais ce qui est sûr, c'est que ce n'est pas agréable.

— Cool ! On y va ?

Il lui décocha un sourire, mais ses yeux trahissaient sa compassion.

— Je te laisse enlever tes fringues, dit-il en désignant un paravent déglingué à l'autre bout de la pièce. Dès que t'es prête, tu peux y aller.

Natsé garda ses sous-vêtements et entra dans le Back. L'eau, chauffée par le système électrique, était à bonne température, mais un frisson la parcourut quand même. Elle s'allongea et se retrouva immergée jusqu'au cou, ses boucles brunes flottant autour de ses épaules. Leurs mouvements lancinants l'hypnotisèrent, l'aidant à échapper momentanément au trac qui la poursuivait.

— Bien installée ? demanda le Sauveur toujours penché sur son ordi.

— J'ai connu des jacuzzis plus sympas.

Le Back se teinta d'une lumière rouge et l'homme la rejoignit en lui donnant un détendeur.

— Prends ça pour respirer.

Elle bloqua l'appareil dans sa bouche, se retenant de vomir à cause du goût caoutchouteux. Ou peut-être de la bille de plomb logée dans son ventre ? Difficile à dire. Le Sauveur fixa deux capteurs supplémentaires sur ses tempes et deux autres sur son front.

— Tu te sens bien ?

Natsé fit une grimace en levant le pouce en l'air.

— Magnifique. Je vais compter jusqu'à trois et tu plonges, OK ?

Hochement de tête.

Le Sauveur rejoignit ses machines, tapa une dernière requête puis posa sa main sur un levier de la console près de lui.

— 3...

Natsé ferma les yeux...

— 2...

Inspira...

— 1...

Et disparut dans les eaux du Back.

Le Sauveur poussa la manette. Une décharge électrisa le corps de Natsé. Ses membres se crispèrent sous la douleur, son sang bouillonna dans ses veines, la consumant de l'intérieur. Elle voulait crier, cracher, craquer, frapper. Elle se laissa happer par son passé.

Assise sur les épaules de papa, je regarde tous ces gens. Ils défilent en rigolant, en chantant, en dansant. Comme nous à l'école, pendant le grand carnaval. Sauf que nous, on a pas toutes ces pancartes avec des phrases de toutes les couleurs dessus. Quand je demande à papa ce qu'il y a de marqué, il me répond que ce sont des réclamations pour garder leur travail. Pour pas qu'on ferme leur usine, pour pas qu'elle déménage en Chine. Je ne comprends pas tout, mais je me dis que pour le prochain carnaval nous aussi on pourrait écrire des réclamations. Pour avoir plus de frites à la cantine par exemple.

Le silence est l'âme des choses qui veulent garder leur secret.

Sur le vieux tapis du salon, plein de miettes de nos anciens repas, je joue avec mes figurines. Je leur invente des histoires, je les fais combattre les méchants. Un peu comme papa et ses collègues du travail. Papa, il est juste derrière moi. Assis sur son gros fauteuil à regarder un monsieur parler à la télé. Un monsieur bien habillé, qui n'a pas de trous dans ses vêtements ou de la crasse sous les ongles. Il promet à papa que son usine ne fermera pas. Qu'il fera tout pour la garder ouverte. Il a l'air important ce monsieur, alors on a envie de le croire.

Il s'en va quand le jour paraît, et revient
dans les couchants roses.

Cette fois, papa ne me porte pas. Je suis trop grande pour ça. Je défile à ses côtés, la tête haute et le regard fier. Les slogans de la foule me transportent, la musique du cortège me galvanise. On est ensemble, unis. On marche et on crie. On bat le pavé. Personne ne peut nous arrêter.

Il guérit des longues névroses, de la rancune et du regret.

Pressés autour des bidons accueillant les flammes, on lutte contre ce froid glacial. Mes mains sont gelées et mes cheveux empestent l'odeur de la palette cramée. Sur les visages, aucun sourire, aucune joie. On reste là, mais on ne sait pas trop pourquoi. Comme si quitter le parking scellerait le sort de l'usine. Il n'y a pas besoin de ça. Quelques heures plus tôt la nouvelle est tombée : la défaite est actée.

Le silence est l'âme des choses qui veulent garder leur secret.

La manifestation d'aujourd'hui est différente des précédentes. Elle n'a rien de festif, l'ambiance est nocive. Papa ne voulait pas que je vienne, qu'à cela ne tienne. Je dois être là. Pour lui et ses compagnons de combat. On veut avancer, mais la route est bloquée par des bataillons de CRS armés. Les premières déflagrations font taire les slogans. Ça court, ça détale et ça nasse. Ça crie, ça détonne et ça m'angoisse. Papa me serre contre lui, je suis de nouveau sa petite fille. On aimerait reculer, on souhaiterait s'enfuir, mais l'agitation nous empêche d'agir. Sans même le vouloir, on se retrouve au premier rang face à ces hommes en noir. Papa m'agrippe, m'entraîne à sa suite. Prêts, visez, feu ! Devant moi, je vois sa main s'arracher de son bras.

À tous les parterres de roses, il préfère un coin de forêt.

À quatre dans une chambre pour deux. Son souffle est rauque, inégal et capricieux. Ses joues sont creusées, ses yeux enfoncés. Il est si maigre que ses os semblent sur le point de transpercer sa peau. Je déteste venir dans cet endroit. Je le hais cet endroit. Je veux qu'il crève cet endroit. Les couloirs et les chambres empestent la mort. On la sent depuis dehors. Mais je suis là. Pour la énième fois, à me tordre les doigts. Papa est endormi, je m'approche de lui. Je le caresse du regard sans oser le toucher. Comme si ces effleurements pouvaient l'effriter. Le soir quand j'apprends son décès, c'est un nouveau remords qui vient m'enlacer. Je sors pour marcher, mais je suis dérangée par les effluves de la rue. Les larmes sont salées, les larmes me brouillent la vue. Un larsen me colle le vertige, je tombe des nues. Plus rien n'a de sens, pas même ceux qui me constituent.

Où la lune au rayon discret frémit dans les arbres moroses.

Du temps s'est écoulé, dans le miroir mon reflet a changé. Je m'apprête à sortir. Dehors, les sirènes se mettent déjà à chanter. Dans cet appartement riquiqui, petit à petit, mon parfum remplace le sien. Je vais mieux, j'ai de nouveau faim ! Nouvelle manif, nouveau défi. J'entends des tirs, je m'accroupis. Vite mon masque, la lacrymo est de la partie ! Dans ma main je tiens une caillasse, la vengeance est vorace. Ça charge, ça plaque et ça embarque. J'arrive à me casser, à me terrer dans le hall d'un immeuble délabré. C'est là que je la vois, déterminée et sublime. Je m'approche d'elle, elle me fascine. Cheveux sanguins, senteurs subtiles. Une peau nacrée, une peau fragile. Ses lèvres, son corps, un goût ultime.

Le silence est l'âme des choses.

Natsé émergea du Back dans un état de panique. Elle cracha le détendeur qui échoua sur le sol et toussa à s'en déchirer les poumons. La sensation d'avoir de l'eau à l'intérieur la pétrifiait.

— C'est bon, c'est terminé.

Elle entendait le Sauveur, mais ne le voyait pas. Ses yeux étaient ouverts, pourtant il faisait noir. Elle voulut sortir, mais ses pieds glissaient contre le fond et ses mains se cognaient contre les parois.

— Calme-toi. Concentre-toi sur ta respiration. Tout va bien se passer.

L'homme répéta cela inlassablement, de sa voix douce et profonde. Épuisée, Natsé arrêta de se débattre pour l'écouter. Comme Millie le lui avait appris. Elle reprit le contrôle de son souffle, sa vision s'éclaircit peu à peu et les yeux bleu pâle du Sauveur lui apparurent.

Les cheveux encore humides, elle le regarda fermer la trappe puis abaisser le pont. Il revint ensuite vers elle pour l'accompagner vers la sortie. Au moment de partir, Natsé lui fit un signe de tête qui trahissait sa gêne. Elle ne savait pas comment dire ça sans paraître idiote ou maladroite.

— Bon, bah... Merci, m'sieur le Sauveur.

Natsé vit une lueur s'allumer au fond de ses pupilles. Il avait capté la sincérité derrière la taquinerie.

— De rien, fillette.

— Pas sûr qu'on se croisera de sitôt. Prenez soin de vous.

Elle allait tourner les talons quand il lui dit :

— Je serai là demain soir.

Natsé mit un temps pour assimiler l'info. Dans le doute, elle préféra feindre l'ignorance.

— Demain soir ?

— Pas de ça avec moi. Tu sais très bien de quoi je parle.

— Tu fais partie de l'opération ?

— Au départ, je ne voulais pas. J'ai changé d'avis.

— Pourquoi ?

— T'as l'air d'en valoir le coup.

— T'es pas censé garder ça pour toi ? plaisanta-t-elle pour masquer son émotion. Je ne sais même pas qui sont les autres agents qui m'accompagnent. Les Admins tiennent à éviter qu'on prenne contact en dehors de leur intermédiaire.

— Je suis grand. Je fais ce que je veux.

Décidément, ce vieil anar la faisait marrer.

— Bon, eh bien... À demain alors.

— À demain... fillette.

La porte se referma avant qu'elle puisse répondre.

14

Paris, 11e arrondissement, 22 heures

L'entrée est déserte. Le salon et la cuisine aussi. Pourtant, lampes et plafonniers sont allumés. Des vêtements jonchent le sol. T-shirt, pantalon, petite culotte... Ils forment un chemin, du canapé au couloir menant à la chambre. La porte est entrebâillée. Un trait de lumière s'y faufile et éclaire le dos dénudé d'une femme. Sa tête est penchée en arrière, ses cheveux chatouillent ses omoplates. Elle a les yeux clos, la bouche entrouverte. À califourchon sur son amant, ses deux mains sont plaquées sur son torse. Elle mène la danse, lui est trop subjugué pour faire quoi que ce soit. Elle se colle à lui et lui arrache un baiser. Elle pince sa lèvre inférieure entre ses dents. Il se dégage, la saisit par l'épaule et lui mord le cou. Depuis le temps qu'il attendait ça. Qu'il rêvait de l'effleurer, de la goûter, de mêler son corps au sien. Il veut la dévorer, la bouffer, l'absorber. Elle se redresse. Le rythme des va-et-vient s'accélère. Leur respiration est haletante. Il l'enlace. Il l'embrasse. La fin approche. La chorégraphie s'emballe. Le monde s'embrase. Elle se cambre. Ses seins pointent vers le ciel. Lui se raidit. Des fourmis parcourent ses jambes. Ils se serrent, frissonnent, ne se lâchent plus.

Allongés sur le côté, face à face, Millie et Gabriel se regardent en silence.

— Ça m'avait tellement manqué...

Les yeux de la jeune femme s'étirent comme un sourire.

— J'ai vu ça, monsieur Breton.

Leurs rires s'élèvent dans les airs, illuminant la pièce, avant de retomber au creux de l'oreiller. De son pouce, Gabriel suit le contour du tatouage courant sur le bras de Millie. Un masque à l'expression énigmatique.

— Tu me chatouilles, dit-elle sans bouger.

— Je sais, mademoiselle Lacroix.

Gabriel continue un moment, réfléchissant à la question qui tourne en boucle dans sa tête.

— Ça va ? Ça ne t'a pas fait trop bizarre ? finit-il par demander aussi maladroitement qu'un adolescent.

— De coucher avec un collègue ? Millie caresse sa joue. Tu piques un peu, mais ça va.

— Si y a que ça, réplique-t-il de manière ironique.

Dans son jean étalé par terre, son portable se met à vibrer. Agacé, il hausse les sourcils et tend la main pour l'attraper.

— Mais quel chieur, dit-il en regardant son écran sans décrocher.

Millie s'allonge sur le dos, laissant ses yeux vagabonder sur le plafond.

— Jacky-Jack ?

— Six appels en absence.

— Il peut pas savoir que t'es là ?

Gabriel repose son portable sur la table de chevet.

— Non, mon téléphone est localisé dans mon appart' de fonction. Et puis, quelque chose me dit que s'il m'avait grillé il aurait déjà rappliqué ici. La sécu de l'Ordre avec lui.

— Alors, il doit juste stresser.

— Ouais, je pense que le débat de l'entre-deux-tours le met sur les nerfs.

— T'es sûr que c'est pas plutôt toi et ta peur des feux d'artifice ? rigole Millie.

— Très drôle. Je te rappelle que c'est parce que j'ai flippé pour toi que je suis sorti de ce camion.

Millie se retourne vers Gabriel, le regard taquin.

— Mon preux chevalier... affrontant des hordes de fachos enragés pour voler au secours de sa dulcinée.

— Dulcinée qui n'en menait pas large quand je l'ai retrouvée.

Millie a une moue amusée.

— C'est possible. En vrai, c'était mignon de ta part.

— Mignon ? Ah non, détrompe-toi ! C'était juste un moyen pour me glisser sous ta couette.

— Enfoiré ! dit-elle en frappant son épaule du poing.

Nouveau baiser, nouvelles caresses. Gabriel colle son front contre celui de Millie.

— Je vais devoir y aller.

— Tu ne peux pas rester dormir ?

Il quitte le lit et ramasse ses affaires.

— Tu sais bien que ce n'est pas possible.

— Allez...

— Millie, arrête. Ça me rend aussi triste que toi. Mais on a déjà pris un risque en se retrouvant ce soir.

— Ça va, ça va, j'ai compris.

Tandis que Gabriel enfile son pantalon, elle lui fait une grimace dont elle a le secret.

— Hey, on se voit demain de toute façon.

— Oui, mais ce ne sera pas pareil... monsieur Breton.

— Je sais. Mais je me réconforte en me disant qu'on fait tout ce qu'on peut pour que les choses changent enfin.

Il l'embrasse une dernière fois et quitte la chambre. Seule dans son lit, Millie sent la boule revenir dans son ventre.

15

Seine-et-Marne, campagne d'Égreville, 1 heure

Il faisait nuit noire. Les rayons de lune ne parvenaient pas à percer les épais nuages qui envahissaient le ciel. Le vent était glacial et les arbres gémissaient sous son souffle. Tout le monde était en position. Cachée dans un buisson, armée et cagoulée, Natsé se sentait étrangement calme. Sans doute parce qu'elle ne pouvait plus reculer. Ce qui tord le bide quand on s'apprête à sauter dans le vide, c'est le moment juste avant. Celui où on peut encore renoncer, où on imagine toutes les horreurs qui pourraient arriver. Une fois qu'on a franchi le pas, la chute n'est pas si terrifiante. Il suffit de se laisser aller. D'oublier les « peut-être », les « pourquoi » et les « à moins que » qui abîment l'esprit à force de vous le triturer.

— Véhicule en approche, annonça Sia.

Natsé tendit l'oreille. Le son du moteur lui parvint. Depuis sa planque, elle vit la voiture pénétrer dans la cour, puis s'arrêter devant la maison. Un homme en descendit. D'un pas militaire, il remonta l'allée menant jusqu'à l'entrée. Il sortit son trousseau de clés puis marqua une pause comme s'il avait entendu quelque chose. Il ouvrit finalement la porte de son domicile pour s'y enfermer à double tour.

— Sia, connexion au restant de l'équipe, murmura Natsé.

— Connexion effectuée.

— La cible est en place. Je répète, la cible est en place. Tout le monde est prêt ?

Ses coéquipiers, des agents de terrain rapides et efficaces, lui répondirent dans un ordre précis. Malgré la distorsion des voix qui servait à préserver leur anonymat, elle crut reconnaître le ton bougon du Sauveur. Tout le monde était dans les starting-blocks, attendant son signal. Natsé savait que les Administrateurs écoutaient. Elle prit une grande inspiration.

— Lancement de l'opération Janus. Go, go, go !

Sept silhouettes bondirent des fourrés. Trois coururent en silence vers la porte principale, tandis que les quatre autres effectuaient le tour de la maison pour surveiller les ouvertures secondaires. Natsé fut la dernière à bouger. Non par lâcheté, mais parce que c'était le plan. Au moment où elle sortit de l'ombre, l'entrée craqua sous la pression du bélier. Les trois membres du BlackNet se ruèrent dans la baraque. Gabriel Breton voulut réagir, mais il se retrouva plaqué au sol, un genou appuyé sur sa colonne, les bras maintenus dans le dos. Les quatre agents à l'extérieur conservèrent leur position au cas où il réussirait à fuir. Peu probable.

Natsé entra dans la maison. Face contre terre, un bâillon lui obstruant déjà la bouche, Breton se contorsionnait encore.

Natsé le dévisagea un instant. Un mélange d'écœurement et de haine la traversa. Via son oreillette elle s'adressa aux Administrateurs :

— L'objectif est atteint. Je répète, l'objectif est atteint. Nous emmenons Breton pour effacement.

16

Paris, 15e arrondissement, siège du groupe Logoé Média, 20 h 30

Dans les couloirs, c'est l'effervescence. Assistants, cadreurs, ingés son, community managers, tout le monde marchait d'un pas rapide, se retenant de courir, passant des coups de fil, aboyant des ordres ou se plaignant de trop en recevoir.

Assis dans une salle de réunion qu'il avait transformée en poste de surveillance, Gabriel observe la fourmilière en détresse, non sans ressentir une pointe d'amusement. Il était arrivé deux heures plus tôt avec l'équipe technique de l'Ordre Français. Le temps pour lui d'installer son matériel et de se brancher de manière plus ou moins légale au réseau de caméras de la tour Logoé.

Les autres membres de l'OF, majoritairement des

… et c'est une première en France, un jeune homme, Laurent Da Silva, âgé de 23 ans, a tout simplement renié sa nationalité française et formulé le souhait de devenir un citoyen à part entière de la Sauvegarde, cet espace numérique où les utilisateurs, de plus en plus nombreux, viennent stocker leur mémoire.

Sur le plan légal, cette décision est évidemment contestable, mais elle en dit long sur le détachement des jeunes générations vis-à-vis de la notion même d'identité nationale. Alors, illustration d'une ouverture vers l'étranger, d'un rejet de ses propres concitoyens, ou les deux, c'est ce dont nous discuterons dans la seconde partie de ce JT avec le polémiste et essayiste Michel Onfray.

L'information capitale de ce jour est la décision commune prise cette nuit

communicants, se sont assurés que tout était en place pour accueillir dignement Andréa Salvény. Gabriel checke une dernière fois son setup, vérifiant qu'il couvre le moindre recoin des trente-cinq étages de la tour. Il lance une énième analyse des datas concernant les salariés, les intermittents et le public venant assister au débat. Casiers judiciaires, profils Meta, historique internet et géolocalisation des smartphones se croisent. Rien d'anormal n'en ressort. Mais Gabriel a conscience de la faiblesse d'un tel examen. Il est bien placé pour savoir que, aussi poussée soit-elle, une intelligence artificielle reste, comme son nom l'indique, dépendante de la technique, incapable d'anticiper les pulsions régissant le genre humain.
Sur l'un de ses moniteurs, Andréa, Jack, Millie et la directrice des relations presse de l'OF descendent d'un véhicule banalisé. Gabriel coupe le son du plateau TV...

par l'Italie, la Grèce et la Bulgarie de fermer totalement leurs frontières. En effet, en réaction à la crise migratoire sans précédent qui se déroule actuellement aux portes de l'Europe, ces pays de l'ex-Union européenne ont choisi de ne plus accueillir aucun ressortissant étranger sur leurs territoires. Le président turc Ahmet Burak Erdogan, qui a succédé à son père le mois dernier, a qualifié cette décision de lâche et stupide et a précisé qu'il était temps que les Européens prennent leur part de responsabilités dans cette situation désastreuse. Arthur Leare, notre envoyé spécial à Ankara, nous tiendra au courant des applications concrètes de cette mesure suite au conseil des ministres exceptionnel qui se passe aujourd'hui.
Revenons maintenant au débat de l'entre-deux-tours, qui se tiendra sur Logoé TV dans quelques minutes. Les candidats aborderont les grandes thématiques de leurs programmes et répondront aux questions du public. Vous, chers...

... et appuie sur la première touche de son pavé numérique.

— Jacky-Jack, vous m'entendez ?

Grâce à la caméra donnant sur le parvis, Gabriel voit Evans porter une main à son oreille.

— Cinq sur cinq, monsieur Breton, répond-il d'un ton monocorde. Tout est...

— J'ai une question pour vous, le coupe Gabriel.

Un assistant de l'équipe de Logoé se précipite à leur rencontre pour les guider à l'intérieur. Tout en le suivant vers la porte-tambour du gratte-ciel, Jack soupire discrètement.

— Je vous écoute.

— Ça ne vous dirait pas qu'on se tutoie ? Ça donnerait un côté disons... plus chaleureux à notre relation. Vous ne trouvez pas ?

— Non.

— Ah.

— Toutefois, reprend Jack avec un léger sourire, si tout se passe bien ce soir, je pourrais reconsidérer votre proposition.

— Ce serait merveilleux.

— Trêve de plaisanteries. Vous êtes en place ?

— Tout est OK de mon côté. C'était un peu charrette, mais j'ai terminé mon installation dans les temps pour avoir un œil partout. D'ailleurs, sans vouloir jouer les stalkers, je suis en train de vous observer en ce moment même.

— Vous êtes payé pour, monsieur Breton. Nous restons en contact.

— Je veille sur vous Jacky-Jack.

Andréa Salvény entre la première. Tailleur noir, chemisier blanc, fine chaîne en or retenant un médaillon frappé des initiales de sa mère, la tenue est parfaitement étudiée. Le temps de la séduction est terminé, il faut maintenant triompher. À sa suite, Millie a opté pour un look plus discret que lors de ses déplacements précédents. Sa chevelure rouge vif est délicatement retenue par un mince élastique. Un pull bleu marine d'où dépasse un petit col Claudine recouvre les motifs dessinés sur sa peau et rentre dans un jean élégant. Quant à Jack, la question ne se pose pas. Son air austère suffit à marquer la sobriété quoi qu'il porte. Le hall luxueux de l'immeuble est préservé de l'agitation qui secoue les étages supérieurs. L'assistant de Logoé s'apprête à leur demander de patienter un court instant, quand les portes de l'ascenseur s'ouvrent. Un homme, blazer noir et t-shirt blanc, en sort pour rejoindre Andréa et son équipe d'un pas dynamique.

— Madame Salvény, lance Joseph de Rastin enthousiaste. Comment allez-vous ?

À travers ses écrans, Gabriel observe le type le plus puissant de France. Si ce n'est du monde. Grand, athlétique, le regard vif et les cheveux coiffés soigneusement en bataille, il tend la main à la candidate de l'Ordre. L'ex-agent connaît bien le parcours de cet ingénieur devenu multimilliardaire. À la fin des années 20, grâce à l'élaboration d'un algorithme de machine learning ultraperformant convoité par les GAFA, il était parvenu à s'imposer parmi les géants de la tech américaine. Dix ans plus tard, il avait monté des dizaines de filiales, créé ses propres réseaux sociaux et l'une des blockchains les plus importantes du web, parmi les rares à résister aux attaques du BlackNet. Il y a cinq ans, Rastin a rapatrié ses activités les plus lucratives en France, à grand renfort de beaux discours et de subventions, rebattant les cartes de la course à la suprématie numérique. Il s'est ensuite diversifié dans la presse et les sites d'informations en tout genre, et a bâti le groupe Logoé. Aujourd'hui, les médias dont il n'est pas propriétaire ou actionnaire se comptent sur les doigts d'une main. Les contrôler tous n'est qu'une question de temps. Moderne, brillant, toujours un bon mot à la bouche, bousculant les conventions, c'est l'une des personnalités préférées des Français. S'il s'était présenté aux élections, il serait, à l'issue du premier tour, déjà Président. Il n'en a pas besoin. Rastin appartient à une caste bien plus puissante que tous les dirigeants du monde réunis.

Andréa serre la main du patron de Logoé, un sourire crispé sur le visage. Grâce au micro de Jack, Gabriel capte ce que dit la candidate.

— Quel plaisir de vous voir, monsieur Rastin. Depuis le temps que nous essayons de vous joindre.

Le président de Logoé s'excuse d'un ton jovial :

— Vous savez ce que c'est, les semaines se remplissent si vite qu'on a du mal à les écoper. Mais je suis sûr que nous parviendrons à trouver un moment.

Sans lâcher sa main, Andréa se rapproche du businessman.

— Vous avez bien reçu mes messages, Joseph ? Je vais avoir besoin d'aide lorsque je serai élue.

Derrière elle, Jack fait un pas en avant pour lui chuchoter à l'oreille :

— Andréa, n'importunons pas monsieur Rastin avec ça maintenant.

Sans se départir de son air aimable, se sachant observé, le boss de Logoé enchaîne :

— Madame Salvény, je vous promets que nous

trouverons bientôt un moment pour échanger tous les deux sur l'avenir de notre pays.

Avant qu'Andréa ajoute quelque chose, Rastin se défait de son emprise et salue le reste de l'équipe. Gabriel ne peut s'empêcher de sourire... Salvény a beau se targuer d'être la candidate du peuple, à l'opposé de ces nantis qui gouvernent depuis toujours, elle cherche tout de même à se rapprocher des grands de ce monde. Un mouvement devant l'entrée du bâtiment interrompt ses pensées. Deux hommes, escortés de trois gardes du corps, foulent l'esplanade, franchissent la porte principale et pénètrent dans le hall. Rastin, qui ne cesse de complimenter Millie pour sa performance dans son dernier film, se tourne vers les nouveaux venus.

— Oh, mais regardez qui voilà ! Philippe Nacquart !

Les trois gorilles restent en retrait, tandis que le rival de Salvény les rejoint, son bras droit sur ses talons. Petit, les cheveux grisonnants, Philippe Nacquart approche de la soixantaine. Sa façon de se tenir et de se mouvoir, marquée par les années de lutte et d'engagement, impose le respect. Il a consacré la majeure partie de sa vie à la protection de l'environnement, se dépensant sans compter pour sensibiliser l'opinion. Il a essuyé nombre de défaites et encaissé les coups toujours plus vicieux de ses concurrents. Combien de fois Nacquart s'est-il demandé pourquoi il poursuivait ce combat ? Pourquoi il s'infligeait ça ? Autant d'efforts pour si peu de résultats. Aujourd'hui il a sa réponse. La victoire est possible. Tout peut changer.

— Monsieur Rastin, merci de nous recevoir.

— C'est un plaisir, voyons. Ce débat entre vous deux

va être grandiose. Le genre d'échanges qui captivent les Français et qui donnent matière à réfléchir.

Le bracelet connecté de Rastin émet une légère vibration, indiquant qu'une information lui parvient via l'implant logé sous sa peau.

— Je dois vous laisser, dit-il sémillant. Mais attention, ne démarrez pas les hostilités tout de suite. Gardez-en sous le coude pour nos téléspectateurs.

Philippe Nacquart lui rend son sourire, Andréa le dévisage avec insistance. Sans y prêter attention, le magnat regagne l'ascenseur, les saluant une dernière fois alors que les portes se referment sur lui. Les deux candidats se tournent l'un vers l'autre. Bien que Nacquart affiche une mine plutôt avenante, Andréa le scrute avec intensité. Comme si un secret se dissimulait dans ses iris vert foncé. Le moment devient franchement pesant quand l'adjoint de l'écologiste brise le silence.

— Bonjour Evans.

Jack ne répond pas, aucune émotion n'affleure sur son masque de marbre. Heureusement, Nacquart prend le relais, se chargeant des présentations.

— Madame Salvény, vous le connaissez sans doute, mais voici mon directeur de campagne, Lucas Howard.

— Monsieur Howard, dit-elle en lui tendant la main. Il me semble que vous et monsieur Evans avez un passé en commun, c'est cela ?

Le trentenaire à la chevelure blonde lui rend son salut et adresse un signe de tête en direction de son homologue.

— Oui, nous étions dans la même promotion à Londres. Jack, arrêtez-moi si je me trompe, mais je pense que l'on peut dire que nous étions amis.

— En effet, nous l'étions, répond froidement l'intéressé.

Rires gênés, raclements de gorge. Un nouveau silence s'installe.

— Et vous, vous êtes la talentueuse Millie Lacroix, je présume, enchaîne Philippe Nacquart.

Légèrement en retrait, Millie les rejoint.

— Vous présumez bien.

— Enchanté, s'incline Philippe. C'est un plaisir de vous rencontrer.

— Vous comprendrez bien, répond Millie avec malice, que je ne peux guère vous retourner le compliment.

Nacquart rit de bon cœur à son trait d'humour.

— Je ne vous en veux pas.

— Philippe, l'interpelle Howard, nous devrions y aller. Ça va bientôt commencer.

— Oui, tu as raison. Madame Salvény, dit-il en évitant le regard d'Andréa, que le meilleur gagne.

Les deux hommes tournent les talons et disparaissent dans l'ascenseur. Ayant suivi toute la conversation, Breton ne peut s'empêcher de taquiner Jack :

— Alors comme ça vous étiez copain-copain avec le directeur de campagne de Nacquart ?

Tandis qu'Andréa règle les derniers détails avec Millie et son attachée de presse, Jack lui répond discrètement :

— Vous ne l'aviez pas vu en épluchant mon dossier ? demande-t-il d'un air faussement étonné. C'est une faute grave, monsieur Breton.

— Je savais que vous étiez dans la même école. Pas que vous étiez si proches.

— Comme vous pouvez le constater, nous avons eu ensuite quelques divergences politiques.

Jack consulte sa montre.

— Le débat va commencer. On se dirige vers le plateau.

17

Paris, 15e arrondissement, siège du groupe Logoé Média, 21 heures

Microtés, briefés, maquillés, les deux opposants patientent en coulisses. Andréa consulte son portable, parcourant ses mails et ses réseaux. De l'autre côté du plateau, Philippe Nacquart observe la scène où deux pupitres les attendent. En face, la cinquantaine de personnes installées sur les gradins chuchotent leur excitation à l'oreille de leurs voisins. L'arène est prête. Une régisseuse entame le décompte. Andréa range son téléphone.

— 3... 2... 1... Direct.

Sur une musique entraînante, les lumières s'allument, et le présentateur vedette fait son entrée. Chevelure fixée à grands coups de laque, sourire Colgate et costard impeccable, il salue son auditoire, arpentant la scène de gauche à droite. Une myriade de flashs l'illuminent. Des spectateurs applaudissent à s'en faire rougir les paumes, tandis que d'autres hurlent son prénom ou poussent des cris d'encouragements.

— Mesdames et messieurs, bonsoir, lance-t-il avec entrain. Ce soir est un grand soir. Un soir qui marquera l'histoire de la Ve République.

Une nouvelle clameur s'élève dans le studio.

— Comme vous le savez, je ne suis pas journaliste politique, dit-il en regardant l'une des quatorze caméras devant lui. J'ai toujours préféré le divertissement au débat ennuyant.

Des rires éclatent dans le public.

— Mais qui de meilleur que moi, que des électeurs comme vous, pour tenter de comprendre ceux qui souhaitent nous représenter ? poursuit-il en joignant ses mains.

L'assistance applaudit à nouveau. L'animateur affiche un air triomphant, manifestement fier de son effet. À la manière d'un speaker de ring, il reprend :

— Je vous prie maintenant d'accueillir la présidente de l'Ordre Français, Andréa Salvény, et, le représentant du parti Écologie Citoyenne, Philippe Nacquart !

Les deux adversaires entrent sur scène sous les vivats du public, multipliant les salutations dans le vide et les faux sourires.

— Madame Salvény, monsieur Nacquart, bonsoir. Je vous rappelle, ainsi qu'aux téléspectateurs, que la moindre de vos paroles est comptabilisée. Vous bénéficiez d'une heure trente chacun.

— Je décide d'en utiliser une partie pour remercier les Françaises et les Français qui nous regardent, intervient Andréa.

Philippe Nacquart secoue la tête, amusé par cette manœuvre ouvertement démagogique.

— Bien, reprend l'animateur. Chacun d'entre vous va se présenter, mais avant toute chose nous allons procéder au tirage au sort, afin de déterminer qui débute ce grand débat.

D'un geste théâtral, l'homme sort une pièce de sa poche, l'exhibe devant le public et la caméra la plus proche.

— Alors, madame Salvény ? Que choisissez-vous ?

— Vu que je suis certaine de ne pas perdre la face ce soir, je laisse ce côté à monsieur Nacquart.

— C'est très aimable, se contente de répondre son adversaire.

— Olala, l'ambiance est électrique, renchérit l'animateur. Alors, très bien ! Pile pour madame Salvény et face pour monsieur Nacquart.

D'un coup de pouce, il jette la pièce dans les airs, la récupère avec habileté et la retourne sur le dos de sa main libre.

— Face ! Monsieur Nacquart, je vous laisse donc commencer. Le silence est demandé dans la salle.

— Merci, débute le candidat en se penchant vers son micro. Je vais bien sûr me présenter, mais avant toute chose je souhaite préciser que je parle au nom de mon parti et des membres d'Écologie Citoyenne, sans qui je ne serais pas devant vous ce soir. Maintenant que c'est dit, il me semble nécessaire de rappeler qu'aujourd'hui l'humanité doit prendre une décision. Une décision cruciale et déterminante pour son avenir. Bien plus importante que la course aux présidentielles qui se joue en ce moment. Et nous avons de la chance, car la situation n'est pas si compliquée que certains veulent le faire croire, seulement deux choix s'offrent à nous. Le premier est celui de la facilité, celui qui consiste à poursuivre dans la voie dans laquelle nous nous sommes engagés. Une voie qui épuise la nature, qui épuise les hommes et qui bâtit sa société sur un modèle capitaliste régi par des matières finies. Ce qui, c'est une évidence, nous conduira à notre perte dès lors que nous aurons achevé d'essorer nos sols, de vider nos océans et de saturer notre air de polluants en tous genres. Heureusement, nous pouvons faire un autre choix. Un choix plus difficile, plus contraignant, mais un choix qui nous permettra de sortir de ce carcan destructeur dans lequel on nous a enfermés. Ce choix c'est celui de l'action, celui du réveil, celui qui veut construire un modèle nouveau, qui replacera l'humain et son environnement au cœur des préoccupations. Ce choix de l'ambition et de l'avenir, c'est celui que nous vous proposons avec Écologie Citoyenne. Et ce soir, mes chères concitoyennes, mes chers concitoyens, je vous fais la promesse que, ensemble, nous réussirons à relever ce défi. Un défi sans précédent il est vrai, mais un défi qui nous unira et dont nous triompherons !

Philippe Nacquart s'éloigne de son micro, les mains agitées par un léger tremblement. Dans les tribunes des applaudissements et des hourras retentissent ici et là.

— Monsieur Nacquart, je vous remercie. Madame Salvény, à vous de nous présenter votre projet, je vous prie.

— Merci. Pour le faire, je vais peut-être vous surprendre, mais je vais reprendre certains propos de mon adversaire, annonce-t-elle en plissant les yeux. Avec l'Ordre Français, ce nouveau parti qui vient bousculer l'échiquier politique, nous souhaitons également remettre l'homme et la femme au centre du débat public. Mais là où nous sommes en désaccord avec monsieur Nacquart, c'est que nous n'avons pas la prétention de pouvoir le faire pour la Terre entière. Moi, Andréa Salvény, je m'adresse aux Françaises et aux Français, je suis élue par les Françaises et les Français et c'est donc pour les Françaises et les Français que je compte agir, dit-elle en marquant une pause. Nous traversons une période mouvementée. Crise économique, crise migratoire, crise sanitaire, bref c'est la crise partout. Et comme l'a si bien dit monsieur Nacquart, nous devons faire un choix. Chez l'Ordre, nous choisissons la France. Une France sûre, une France civilisée, une France souverainiste et, surtout, une France qui s'occupe des siens avant d'accueillir la misère, et surtout les dangers, venus d'ailleurs. Notre priorité, c'est votre sécurité. Une sécurité forte, avec des moyens et avec du pouvoir ! martèle Andréa. Immigration, viols, hausse des agressions, non-respect de nos institutions... Notre pays est menacé. En choisissant l'Ordre vous choisissez de le protéger. En choisissant l'Ordre, vous soutenez ce pays qui est le nôtre et dont nous sommes si fiers !

Le fracas des applaudissements explose dans la salle, des cris l'accompagnent, les premières notes de *La Marseillaise* sont fredonnées par une dame du premier rang.

— Waw, waw, waw, que d'enthousiasme ! jubile l'animateur. Bien, calmez-vous, je vous prie. Madame Salvény, monsieur Nacquart, je vous remercie pour ces introductions disons... prometteuses. Sans plus attendre, pour cette première partie, nous allons passer aux questions du public. Questions qui, je le rappelle, s'adressent aux deux candidats, qui devront répondre chacun à leur tour en usant de leur temps de parole comme bon leur semble. Première question, je vous prie.

Deux assistants marchent dans les gradins, un micro à la main. Un homme, la soixantaine, crâne dégarni, lève le bras.

— Ah oui ! Ici, première question. Allez-y, monsieur.

Le visage fermé, le spectateur saisit le micro qu'on lui tend, les yeux rivés vers la scène. Un spot au-dessus de lui s'allume, le baignant d'un halo de lumière.

— Bonsoir. Alors, pour ma part, et je pense que je ne suis pas le seul, j'ai souvent eu le sentiment que, malgré les grands discours, les candidats récitaient tous plus ou moins les mêmes éléments de langage, sans que, au final, il y ait de réelles distinctions entre eux. Ma question est donc la suivante, qu'est-ce qui vous différencie vraiment l'un de l'autre ?

— Merci monsieur. Question intéressante en effet. Philippe Nacquart, souhaitez-vous commencer ou laissez-vous la main ?

— Non, non, ça me va très bien de rebondir tout de suite. Merci encore pour la pertinence de cette remarque. Il est vrai, et c'est ce qui décrédibilise le monde politique depuis des années, que les programmes sont prometteurs, mais qu'une fois élu ces promesses s'évaporent. Et cela pour une raison très simple, c'est que nos précédents dirigeants ne dirigeaient pas grand-chose.

Un murmure se répand dans l'assemblée.

— Je m'explique, reprend l'écologiste. Le système dans lequel nous vivons tourne entièrement autour de l'argent. L'argent, l'argent, et encore l'argent. C'est devenu tellement central que naturellement ceux qui en ont le plus tirent les ficelles, dictent les lois et mettent en place les lobbies faisant pression sur nos élus. Avec Écologie Citoyenne nous proposons, dès le début de mon mandat, de légiférer sur ces sujets. De pénaliser toutes les tentatives de manipulation, ou de corruption, qui abîment notre démocratie. Pour ce faire, nous avons d'ores et déjà contacté deux ONG, WWF et Transparency France pour ne pas les citer, afin de nous accompagner dans cette réforme de grande ampleur qui va bousculer notre manière de faire de la politique. Encore une fois, j'insiste, il faut stopper la folie dévastatrice de la finance pour nous recentrer sur des préoccupations essentielles : l'humain et la nature. Le temps des discours, des semeurs de doutes et des climatosceptiques est révolu, l'urgence environnementale est plus que jamais une réalité, et il est temps d'agir !

Encouragements du public.

— Philippe Nacquart, merci. Andréa Salvény, que pouvez-vous dire à notre spectateur, dont la question était, je le rappelle, qu'est-ce qui vous différencie de votre adversaire ?

— Tout d'abord, mon charme.

La plaisanterie fait mouche, des rires et des sifflements se font entendre.

— Plus sérieusement, je me permets de souligner que monsieur Nacquart n'a pas vraiment répondu à la question de notre concitoyen. Mais je vais m'en charger, enchaîne-t-elle aussitôt. Ce qui me différencie profondément de lui, c'est ma volonté de rompre avec ces anciens partis politiques qui nous ont gouvernés depuis des années. Droite, gauche, centre, nous n'arrêtons pas d'alterner et, pourtant, aucun changement significatif n'est observé. Alors, certes, les grands groupes étrangers évoqués par mon adversaire sont un des facteurs explicatifs, mais c'est loin d'être la seule cause de nos problèmes. Notre volonté à l'Ordre Français est de briser cette chaîne qui relie tous nos représentants depuis des lustres. Mêmes cursus, mêmes réseaux, mêmes amis, déclame Andréa d'un air blasé, ça suffit. Monsieur Nacquart en est un bon exemple, lui qui fait de la politique depuis toujours, multipliant les mandats de député pour se gaver d'argent public...

— Madame Salvény ! s'indigne son opposant.

— Monsieur Nacquart, laissez-la finir, je vous prie.

— Lui qui vient de cette fabrique à élite, poursuit Andréa, en se disant aujourd'hui du côté du peuple. Quelle blague ! Quelle hypocrisie ! Selon moi, il n'y a donc qu'une chose à faire : balayer cette génération de politiciens, à qui nous avons donné leur chance, et faire disparaître, par la même occasion, leurs magouilles qui souillent notre démocratie. Pour résumer, et pour répondre clairement à votre question, monsieur, dit Andréa en s'adressant directement au spectateur, ce qui me différencie fondamentalement de mon adversaire tient en trois points : nouveauté, sincérité et attachement à la France.

Sonné par cette attaque frontale, Philippe Nacquart ne réagit pas tout de suite. De son côté, voyant le public acclamer Andréa, le présentateur sait qu'elle va faire buzzer son show, grimper ses audiences.

— Waw, waw, waw ! Le moins que l'on puisse dire c'est que ça commence fort ! s'excite-t-il. Prochaine question !

Gabriel observe le débat à travers ses écrans, fasciné par l'aplomb et l'agressivité d'Andréa. La voix de Jack résonne dans son casque :

— Aucun problème de votre côté ?

— RAS.

— Bien reçu.

— Dis donc, elle est en forme Salvény ce soir.

— C'est une femme brillante. Ajoutez à cela quinze heures de média training par semaine et elle devient redoutable. Nous maintenons le contact, monsieur Breton.

— Nous arrivons bientôt dans la seconde partie de ce débat, prévient l'animateur. Encore quelques questions du public et nous passerons à celles de nos spécialistes. Oui, vous, madame ! Allez-y.

Une femme se lève, ses jambes la portent à peine. Elle a quarante ans, des lunettes aux verres épais et un pull en laine qui descend jusqu'à ses genoux.

— Bonjour... Enfin... bonsoir, bredouille-t-elle. Je... Je suis mère célibataire, j'ai trois enfants et j'ai heu... la chance d'avoir décroché un Contrat à durée variable de quarante-trois heures par semaine.

— Félicitations, la coupe l'animateur pour amuser la foule.

— Oui... merci. Le problème, c'est qu'entre mon travail, les trajets, les tâches du quotidien, je n'ai plus du tout de temps pour mes enfants. En plus d'être complètement fatiguée, ajoute-t-elle les larmes aux yeux. J'aurais aimé savoir quelles solutions nos deux candidats pouvaient apporter vis-à-vis de cette situation qui nous pèse à tous de plus en plus.

— Merci madame. Il est vrai que depuis que l'âge de la retraite a été repoussé à soixante-neuf ans, et que la loi n'encadre plus si strictement qu'auparavant la durée légale du temps de travail, ce sujet revient régulièrement. Monsieur Nacquart, vous avez un léger retard, je vous propose donc de commencer.

Gravité et compassion passent sur le visage du candidat qui observe la femme du public.

— C'est une certitude, débute-t-il, nous ne pouvons plus continuer ainsi. Sinon à quoi bon ? À quoi bon aller trimer, des heures durant, si nous sommes ensuite trop épuisés pour être capables de profiter du fruit de notre labeur ? À quoi bon accorder autant de temps à cette activité, alors que notre plus grand plaisir est d'être avec ceux qu'on aime ? Ça n'a pas de sens. Ça n'a plus de sens. Il faut donc se demander pourquoi ? Pourquoi nous travaillons toujours plus ? Pour produire toujours plus. Pourquoi nous produisons toujours plus ? Pour consommer toujours plus. Et c'est là tout le problème. Pourquoi nous consommons toujours plus ? Pour enrichir actionnaires et PDG multimilliardaires, créateurs de faux besoins, qui façonnent un monde dont ils sont les souverains. Le hic, si on peut appeler ça comme ça, c'est que notre planète, l'endroit où nous vivons, ne le supporte plus.

— Et donc, monsieur Nacquart, tente d'abréger l'animateur, que proposez-vous ?

— Je propose que l'on repense notre économie, qui est actuellement une économie mortifère, qui détruit le vivant au nom du profit. Pendant longtemps, le terme de « décroissance » était un gros mot. Pourtant, il me semble que c'est ce vers quoi nous devons nous tourner aujourd'hui. Ralentir notre production et diminuer notre consommation. Concrètement, c'est très simple.

Philippe Nacquart marque une pause pour maintenir le suspense et captiver son auditoire.

— Dans un premier temps, je propose de réglementer à nouveau la durée du travail et surtout de la réduire. En plus de nous libérer du temps, cette baisse aura pour effet direct une diminution du taux de chômage. Nous savons aujourd'hui que les quarante-deux heures minimum, votées suite à la crise économique de 2029, sont une totale aberration. Dorénavant, la semaine de trois ou quatre jours de travail devrait être la norme. Et cela ne se fera pas sans une volonté politique forte et claire. Surtout que, des études le montrent depuis plus de vingt ans, une corrélation existe entre baisse du temps de travail et diminution des émissions de CO_2. Travailler moins c'est donc prendre du temps pour soi, mais également en donner à la planète. Je propose aussi la mise en place d'un taux de TVA différencié pour l'usage de certaines ressources. Les travaux du chercheur Timothée Parrique illustrent cela avec un très bel exemple : l'eau ne sera pas payée au même prix si c'est pour la boire ou si c'est pour remplir sa piscine. Cela limitera ainsi certains abus que seuls les plus riches peuvent se permettre. Ensuite, il sera primordial d'assurer la santé et la sécurité des travailleuses et des travailleurs. Le travail ne doit plus représenter un danger physique ou psychologique chez les salariés, insiste Nacquart. Et cela passe, entre autres, par la remise en place des RTT.

Des rumeurs agitent le public. Sans savoir si elles sont en sa faveur ou non, le candidat continue.

— De plus, et c'est l'un des engagements qui me tient particulièrement à cœur, car nous en parlons depuis des dizaines d'années, nous ferons voter une égalité salariale stricte et sans condition entre les hommes, les femmes et les personnes non binaires. La baisse du temps de travail, que j'évoquais à l'instant, constitue aussi un levier de réduction des inégalités entre les sexes. Il faut permettre à tout le monde de travailler, tout en assumant sa parentalité, en s'adonnant à ses loisirs ou en s'impliquant dans des associations. Pour finir, je veux aborder l'importance du respect de la vie privée et mon souhait d'interdire les pratiques managériales visant à solliciter ses employés en dehors des horaires de bureau. Ce qui, on le sait, conduit à un surmenage et à une abolition de la frontière entre privé et public qui n'est bénéfique pour personne. Le droit à la déconnexion est vital !

— Bien monsieur Nacquart. Je vous remercie pour cet argumentaire détaillé. Madame Salvény, qu'avez-vous à répondre à cette dame qui vient de prendre la parole, ainsi qu'à votre adversaire ?

Andréa s'éclaircit la gorge, ménageant le suspense.

— Tout d'abord je tiens à saluer le courage extraordinaire de monsieur Nacquart pour ses prises de position sur des sujets aussi controversés que l'égalité salariale, ironise-t-elle.

— Madame Salvény, voyons, intervient l'intéressé.

— Et je le féliciterai également pour ses solutions si

novatrices qu'elles étaient déjà évoquées il y a vingt ans. Lorsqu'il avait plus ou moins le même âge que moi, ajoute-t-elle un sourire en coin.

Des rires fusent dans le studio, consternant un peu plus Philippe Nacquart.

— Non, selon moi, il faut aider les travailleurs de manière concrète, continue Andréa. En prenant en compte les problèmes actuels. Et non ceux datant d'une autre époque. Les gouvernements passés ont oublié que ce sont les travailleurs de notre pays qui contribuent à sa richesse et à son rayonnement. Madame, dit Andréa en s'adressant à la spectatrice, c'est grâce à des gens comme vous que nous avons la chance de vivre dans la nation que nous connaissons aujourd'hui. Et avec l'Ordre Français nous voulons redonner leurs lettres de noblesse à ces personnes qui gagnent leur vie à la sueur de leur front.

— Et concrètement ça veut dire quoi ? ne peut s'empêcher de demander son adversaire.

— Je vois que vous avez besoin de moi pour trouver de nouvelles idées, monsieur Nacquart.

Le public se gausse de nouveau.

— Concrètement, poursuit-elle, je souhaite mobiliser les migrants, les réfugiés et les étrangers en situation irrégulière, présents sur notre territoire, pour qu'ils assistent les familles françaises les plus démunies.

— Ah, c'est intéressant ça ! s'exclame l'animateur. Dites-nous-en plus.

— C'est-à-dire que ces personnes auront pour obligation d'aider, à titre gratuit, dans leurs tâches ménagères et leur quotidien de manière générale, les travailleuses et travailleurs français.

Plusieurs spectateurs applaudissent les propos d'Andréa.

— Vous réinventez l'esclavage ? s'insurge Nacquart, scandalisé. Et pourquoi ne pas réhabiliter la peine de mort tant que vous y êtes ?

— Ce n'est pas exclu, rétorque Andréa dans un sourire carnassier. Mais ma mesure n'a rien à voir avec l'esclavage. Au contraire, je la vois comme un vecteur d'intégration, comme un moyen pour ces étrangers de prouver leur gratitude envers ces Français qui les accueillent. C'est une idée nouvelle, une idée concrète qui n'a jamais été testée. Contrairement aux vôtres que vous brandissez avec tant de fierté, alors qu'elles datent d'un temps que j'ai à peine connu, sans jamais avoir montré une once d'efficacité.

Nacquart veut répondre, mais elle ne lui en laisse pas le loisir.

— Je pense également que cette loi devrait être appliquée à ces personnes qui bénéficient des aides de l'État depuis des dizaines d'années, sans jamais avoir foutu les pieds dans une usine ou un bureau. Ces allocataires professionnels doivent être davantage surveillés et mis à contribution par la société. Car la France en a marre de se faire exploiter, notamment par des étrangers ! Et je suis convaincue que c'est grâce à des propositions fortes comme celle-ci que notre pays retrouvera sa grandeur d'antan. Mais pour cela il faut oser ! Il faut oser la nouveauté ! Il faut oser l'Ordre Français !

Des membres du public se lèvent pour ovationner la candidate. Certains beuglent des encouragements depuis les gradins tandis que d'autres se contentent de sourire, satisfaits de savoir enfin pour qui ils voteront dimanche. Devant cette ferveur, les opposants ne peuvent que s'indigner en silence. Derrière son pupitre, Nacquart se décompose. Il semble perdre pied.

— Que d'enthousiasme, s'extasie le présentateur. Ce regain d'engouement pour un politique fait plaisir à voir !

La clameur dure encore un moment, avant que l'animateur ne reprenne les rênes de son émission.

— Bien, bien, bien. Calmez-vous, je vous prie. Il nous reste beaucoup de sujets à traiter. Une dernière question de la part du public et nous passerons à celles de notre premier expert, l'ancien eurodéputé et avocat au barreau de Paris Geoffroy Didier. Alors, qui a une question ? demande le présentateur en scrutant la foule. Rapide, s'il vous plaît.

Une femme lève la main.

— Là, nous avons quelqu'un ! Faites vite, je vous prie.

L'un des assistants apporte un micro à la dame éclairée par le spot. Le silence s'installe sur le plateau, tous les regards sont tournés vers elle. Derrière son bureau, Gabriel zoome sur la participante. Cheveux châtains coupés court, visage tout en longueur, lèvres fines, presque inexistantes… Il l'a déjà vue quelque part. Mais où ?

— Evans ? Evans, vous m'entendez ?

— Cinq sur cinq.

— La meuf qui vient de se lever là. Je la sens pas.

— Si je déclenche une intervention, ça va mettre fin au débat. Vous êtes sûr de vous ?

Gabriel ferme les yeux. Un flash lui traverse le cerveau, émergeant d'une vie qui n'est pas la sienne.

— Deux secondes.

Il pianote sur son clavier à toute vitesse pour vérifier cette mauvaise intuition qui lui provoque des sueurs froides. Dans les gradins, le micro à la main, la dame est toujours muette, figée. Le reste de l'assistance l'observe, entre étonnement et moquerie. Le présentateur s'impatiente.

— Allez-y, n'ayez pas peur. Nos invités ne vont pas vous manger.

Jack attend les instructions de Gabriel sans lâcher la femme des yeux. Quand elle parle, sa voix n'est qu'un murmure. Jack se rapproche pour l'entendre.

— Je pense que... Je pense que le temps est venu...

— Breton ? Je fais quoi ?

Gabriel parcourt un cloud sur lequel il s'était pourtant interdit d'entrer.

— Deux secondes.

— Allez madame, on ne va pas y passer la nuit. Posez votre question s'il vous plaît.

Jack serre son talkie, prêt à déclencher l'alerte. La femme reprend d'une voix forte, comme si elle avait trouvé le courage d'aller jusqu'au bout de sa phrase :

— Je pense que le temps est venu...

Gabriel repère enfin le dossier qu'il cherchait.

— Que le temps est venu... de mourir... pour devenir le terreau d'un monde nouveau !

— Evans ! C'est quelqu'un du Grand Effondrement, elle va tirer !

Jack ne prend pas la peine de déclencher l'alerte, il se

précipite sur Andréa. Les coups de feu explosent, les hurlements résonnent. Horreur et chaos s'emparent du studio.

18

Paris, 15e arrondissement, siège du groupe Logoé Média, 22 heures

Gabriel comprend qu'il s'est trompé. La femme est un leurre, le top départ des atrocités. Dans le public, quatre personnes n'ont pas cédé à la panique, ne courent pas dans tous les sens. Dans leurs mains, Gabriel distingue des armes à feu imprimées en 3D. Jack s'est mis devant Andréa, accroupie derrière son pupitre. Ce rempart de chair semble bien léger face aux projectiles qui mutilent et assassinent. Les gardes du corps les rejoignent pour les entraîner dans les coulisses. L'un d'eux reste sur place affronter les terroristes. Au milieu de la mêlée, Jack aperçoit Nacquart se faire évacuer par ses hommes. L'animateur, blessé à l'épaule, suffoque dans un coin de l'estrade, gémissant des appels à l'aide que ses collègues prennent soin d'ignorer. Dans les gradins, des corps gisent dans des positions saugrenues, telles des marionnettes abandonnées par leur maître. À côté, évitant de croiser leurs regards vides, les vivants se recroquevillent, tentent de disparaître pour échapper à la mort qui les guette. Debout derrière ses machines, Gabriel sort enfin de sa paralysie.

— Evans ! Evans, vous m'entendez ?

Seuls les coups de feu lui répondent. Les policiers d'élite viennent d'entrer dans le studio, aboyant des ordres, abattant un homme. La violence monte d'un cran, l'humanité dégringole. L'adepte du Grand Effondrement prend une balle dans la gorge. Elle meurt avant même de toucher le sol. Les flics avancent, de manière méticuleuse et calculée, se répartissent sur le plateau afin d'encercler les trois tireurs restants. Leur fin arrive, ils le savent. Sans chercher à se protéger, ils ouvrent le feu sur les agents les plus proches. Leurs armes en thermoplastique ont beau être les plus résistantes du marché, les détonations à répétition les ont endommagées. Un fusil d'assaut explose, arrachant un doigt à son propriétaire. Aveuglé par la douleur et la haine, il dégaine un cran d'arrêt et se jette sur les forces de l'ordre. Il se fait buter avant d'atteindre le bas des gradins. L'un de ses acolytes, à court de munitions, lève les mains en signe de reddition. Une balle lui défonce le crâne, projetant des fragments d'os sur le dernier d'entre eux. Devant les cadavres de ses frères qui se vident de leur sang, celui-ci obéit à son instinct de survie. Sans prendre la peine de viser, il tire en direction des policiers et s'enfuit par l'issue de secours. Un agent est touché, le poumon perforé. Deux de ses collègues lui prodiguent les premiers soins tandis que les autres sécurisent le périmètre. Depuis son poste, Gabriel voit l'assassin se frayer un chemin, semant la mort sur son passage. Il emprunte un escalier dans lequel vient de s'engouffrer un groupe de la BRI. Pris au piège, le type remonte les étages jusqu'à celui où se trouve Breton.

— Evans ! Je ne sais pas si vous m'entendez, le quatrième mec s'est barré. Je vais le choper !

D'un clic, il balance le flux vidéo sur son portable et quitte la pièce. Il tend l'oreille sans lâcher son téléphone des yeux, avançant aussi discrètement qu'il le peut. D'après ce qu'il voit, le type longe un couloir perpendiculaire au sien. Gabriel ne l'entend pas, mais devine au mouvement de ses lèvres qu'il répète en boucle la litanie du Grand Effondrement. Une femme prostrée derrière son bureau apparaît sur l'écran. Le meurtrier ne l'a pas encore repérée, mais seule une cloison de placo les sépare. Il passe devant la porte restée ouverte. En apercevant son arme, l'employée laisse s'échapper un sanglot. Le terroriste se retourne sur sa future proie.

— Et merde, jure Gabriel entre ses dents.

Convaincu que le type veut tuer pour faire vivre ses idées, Gabriel se rapproche, arrive à l'angle, se plaque contre le mur.

— Non, arrêtez. Je... Je vous en supplie...

Cette fois, il l'entend. Il l'entend réciter d'une voix froide et sans âme sa prière païenne :

— Le temps est venu de mourir, pour devenir le terreau d'un monde nouveau. Le temps est venu de mourir...

— Je... Je ne suis qu'en stage ici, implore la jeune femme. Je... Je ne sais même pas qui vous êtes... Je... Je ne vous ai rien fait.

Peut-être qu'en courant il pourrait le prendre par surprise, le maîtriser, lui faire lâcher son arme. Mais ses membres ne lui obéissent plus, tétanisés par la peur. Ce sont eux les couards. Pas lui.

— Le temps est venu de mourir, pour devenir le terreau d'un monde nouveau. Le temps est venu...

— Allez putain, se sermonne Gabriel.

Il bondit hors de sa cachette, pensant faire diversion. Le terroriste toise la femme, le flingue braqué sur son front.

— Non ! hurle Gabriel.

Le coup part. Tout le monde est surpris. La jeune femme s'affale, la cervelle explosée. Odeurs de sang et de poudre se superposent. Gabriel veut crier, vomir, chialer. Il se contente de regarder la moquette s'imbiber. Il met plusieurs secondes à remarquer l'arme pointée sur lui. Grand et maigre, le terroriste n'a pas plus de vingt-cinq ans. Il pleure sans paraître éprouver la moindre tristesse. Comme par réflexe, sans comprendre le sens de ses larmes. Gabriel ne bouge pas. À quoi bon ? Tout ceci n'est qu'un cauchemar. Le type appuie sur la gâchette. Le pistolet explose dans sa main. Hurlement. Gabriel sort de sa torpeur. À nouveau maître de ses gestes, il se prend la réalité en pleine gueule. L'assassin ne se débat pas lorsqu'il le plaque au sol pour le frapper. Une fois, deux fois, trois fois. Son nez se casse, ses pommettes se brisent, ses lèvres éclatent, ses incisives s'arrachent. Gabriel continue. Continue quoi ? Il s'en fout. Il verra plus tard. Quand l'homme ne sera plus que charpie. Quand il l'aura suffisamment détruit pour que ses actes s'effacent, pour que la fille retrouve la vie, pour que son cerveau reprenne sa place. Mais ça n'arrivera pas. À bout de souffle, il s'arrête, les poings en sang. Son corps bascule. Gabriel s'étale entre la dépouille du meurtrier et celle de la femme à peine adulte.

19

Les Ulis, boulevard Nellie-Bly, 2 heures

Cette fois, le rendez-vous se tiendra au sud de la capitale. Les Administrateurs ont failli refuser. Mais pas le choix, malgré le manque de sommeil, les nausées, il faut leur parler, au plus vite.

À un rond-point, la voiture emprunte la première sortie donnant dans une rue bordée de haies et de parterres fleuris. Garages et concessions automobiles se succèdent. Les carrosseries des voitures d'exposition brillent à la lumière des lampadaires. D'après les coordonnées envoyées par les Admins, le point de rencontre se trouve de l'autre côté de la zone industrielle. Des vestiges d'immeubles et de maisons subsistent encore parmi les hangars rutilants. Traces de ces anciens quartiers périphériques repoussés toujours plus loin des centres-villes.

Devant un portail en acier surmonté d'un barbelé rouillé, la voix de synthèse du GPS indique l'arrivée. La silhouette encapuchonnée s'extirpe du véhicule, un sac sur le dos, avant de regarder par-dessus son épaule. Personne. En marchant vers l'entrée, elle retire l'épaisse couverture de son bagage puis la lance sur le portail. Le barbelé neutralisé, elle prend appui sur la partie inférieure de l'accès, se hisse sur le vieux couvre-lit et bascule de l'autre côté en moins d'une seconde. Elle retire ensuite la couverture dare-dare pour s'enfoncer dans l'obscurité.

L'endroit lui semble aussi glauque que celui du premier rendez-vous. Le vent qui s'engouffre par les vitres brisées chante une mélodie sordide. Son rythme cardiaque s'accélère, le moindre bruit lui semble suspect. Les récents événements ont décuplé sa peur. Il faut se raisonner, se reprendre. Si les Administrateurs ont choisi ce coin, c'est qu'il est sûr. Le bâtiment, un ancien HLM désaffecté, est rongé par la moisissure et la crasse. Sur la porte menant aux caves, un oignon graffé. Le BlackNet est au rendez-vous.

À peine à l'intérieur, son implant se met à grésiller. Bien qu'on lui ait ordonné de ne jamais faire appel à Sia durant sa mission, la puce est essentielle pour garder le contact. Elle a donc été extraite et logée sous cette peau qui n'est pas la sienne, à la base de son oreille. Les bourdonnements, presque inaudibles au départ, redoublent d'intensité jusqu'à atteindre la limite du supportable. Ils traversent tout son être, du haut de la tête jusqu'aux orteils. La douleur, implacable, lui semble pourtant vécue par un autre. Les horreurs survenues quelques heures plus tôt anesthésient son corps et son âme. Les vrombissements sous son crâne se poursuivent, atteignent leur paroxysme. Puis tout s'arrête. Laissant place à une multitude de voix distordues.

— Agent Natsé, que se passe-t-il ?

— Vous savez qu'un tel entretien est susceptible de compromettre la mission ?

Seule au centre de la pièce, la silhouette retire sa

capuche. Éclairés par la pâleur de la lune, les traits de Gabriel Breton se dessinent dans la nuit. De la sueur perle sur son front. Un tic nerveux agite son œil droit. Ses lèvres sont violettes.

— Est-ce que vous saviez ce qui allait se passer ce soir ? prononce-t-il péniblement.

— Nous vous demandons pardon, intervient une troisième voix.

Gabriel relève la tête.

— Est-ce que vous saviez ce qui allait se passer ce soir ? Il crie presque.

Le silence s'installe. Seules les interférences générées par son implant bruissent encore.

— Répondez-moi ! hurle Gabriel dont la colère résonne entre les vieux murs.

— Nous avions des soupçons sur une éventuelle attaque, concède l'un des Admins.

Gabriel ferme les yeux un instant pour assimiler l'information.

— Putain... Mais pourquoi vous n'avez rien fait ? Pourquoi vous ne m'avez rien dit ? Des gens sont morts, bordel ! Juste devant moi, insiste-t-il à bout de forces.

— Agent Natsé, il faut que vous compreniez que nous avons toujours des doutes lorsque des événements de la sorte ont lieu...

— ... Nous avions eu des informations comme quoi un projet terroriste porté par le Grand Effondrement était en phase de finalisation...

— ... Et nous avons fait ce que nous avons pu pour l'empêcher...

— ... Malheureusement, nous avons été pris de court.

— Fallait me prévenir, j'aurais pu les identifier ! La femme qui a parlé avant qu'ils ne se mettent à tirer, je l'avais interviewée pour un article quand je bossais chez Mili'Press ! J'aurais dû la voir, j'aurais dû m'en souvenir !

Gabriel regarde dans le vide, absorbé par sa culpabilité.

— Mais j'ai mis trop de temps et voilà le résultat.

— Ne vous blâmez pas, agent Natsé...

— ... La mission d'infiltration que vous menez actuellement est suffisamment éprouvante...

— ... Il aurait été contre-productif de vous alerter sur ce danger.

— Contre-productif ? Vous vous entendez parler ? Ce qui est contre-productif c'est de laisser des gens crever, putain !

En se rongeant les ongles, il fait les cent pas devant les portes occupant l'étroit couloir.

— Nous déplorons cet événement tragique autant que vous, agent Natsé.

Il n'écoute pas. Trop concentré à garder les yeux ouverts pour refouler les visions d'horreur qui l'assaillent. Trop tard, son esprit redevient vulnérable. Le crâne explosé, les regards voilés, les viscères exposés. Gabriel titube, s'adosse contre le mur humide et se laisse glisser. Assis sur le sol poussiéreux, il pleure, souhaitant de tout son cœur que ses larmes expulsent les morts.

— Agent Natsé, nous sommes navrés que vous ayez été confronté à ce drame...

— ... qui nous attriste tout autant que vous...

— ... Vous avez notre parole, nous ferons tout ce qui est en notre pouvoir...

— ... pour empêcher que cela ne se reproduise.

Les sillons creusés par ses pleurs lui brûlent les joues. Comme un enfant, il s'essuie dans la manche de son sweat. Le troisième Administrateur reprend sur un ton empathique tronqué par la distorsion :

— Il peut paraître déplacé de voir le côté positif d'une telle situation...

— ... mais grâce à cet événement tragique, vous avez gagné la confiance d'Andréa Salvény...

— ... et votre mission va progresser de façon significative.

— Je... Je sais pas si je vais y arriver, murmure Gabriel. Ça fait deux ans. Deux ans que j'ai sacrifié ma vie et que j'en ai volé une autre. J'ai abandonné mon corps, j'ai transféré ma mémoire... là-dedans, dit-il avec dégoût en désignant sa poitrine. J'ai troqué mon existence contre la sienne. Contre celle de ce type que je déteste profondément. Vous savez ce que ça fait de voir sa gueule tous les matins dans le miroir ?

Un nouveau sanglot le secoue.

— Parfois ses souvenirs ressurgissent. Son ex-femme, son fils, sa fille, ils sont toujours là ! Ils se mêlent aux miens. Ou c'est les miens qui se mélangent aux siens, je ne sais plus. J'ai tout abandonné, tout ! Et je n'en vois pas le bout. Je crois que je commence à me perdre, dit Gabriel en fixant le plafond abîmé par le temps. Je ne suis plus sûre de qui je suis. Natsé... Breton... Je suis paumé.

— Agent Natsé, reprennent les Admins après une pause, nous avons conscience que c'est extrêmement difficile pour vous...

— ... Très peu de personnes seraient capables d'un tel exploit...

— ... d'un tel dévouement. Pour tenir, il faut que vous vous rappeliez pourquoi vous faites...

— cela... Quand nous avons appris que Salvény voulait embaucher Breton pour corrompre la Sauvegarde...

— ... Il fallait faire quelque chose.

— ... Si vous n'aviez pas fait preuve d'autant de courage, si vous ne vous étiez pas porté volontaire...

— ... il y serait arrivé. Et qui sait ce que nous serions devenus ?

— Vous avez accepté ce sacrifice en endossant son rôle, et nous vous en sommes...

— ... infiniment reconnaissants.

— Grâce à vous, nous allons pouvoir sauver nos libertés...

— ... Notre libre arbitre. Nous allons pouvoir empêcher Salvény de parvenir à ses fins et nous...

— ... avons mis hors circuit l'ennemi numéro un du BlackNet.

Gabriel se relève, vacille de plus belle, tient bon.

— Depuis quand vous ne vous êtes pas connecté à votre Sauvegarde ?

— Je... Je ne sais plus, répond-il confus. Deux semaines, un mois ?

— Il faut que vous trouviez un moment...

— ... pour le faire. C'est essentiel.

— Si votre conscience n'est plus reliée à vos souvenirs, vous pouvez...

— ... mourir. Il faut que vous preniez le temps...

— ... de vous reconnecter avec vous-même.

— OK... OK, je vais faire ça, dit Gabriel en se massant les tempes.

— Bien. Nous pouvons...

— ... compter sur vous ?

— Oui, oui, dit-il dans un souffle. Je vais faire le nécessaire.

— Parfait.

Gabriel attend les crissements synonymes de sa déconnexion. Mais les Administrateurs reprennent la parole.

— Juste une chose...

— ... Jusque-là nous avons toléré votre relation avec madame Lacroix...

— ... Ça fait partie du marché que nous avons passé...

— ... et elle sert nos intérêts. Mais si cela venait à changer...

— ... nous serions obligés de réfléchir à des mesures, disons...

— ... radicales. J'espère que vous le comprenez... agent Natsé.

20

Nanterre, siège de l'Ordre Français, 9 heures

Assis devant Andréa,
Gabriel regarde les nouvelles diffusées par la tablette posée sur le bureau. Son visage ne laisse transparaître aucune émotion, mais à l'intérieur Natsé sourit. Voir cette masse de personnes se soulever pour un objectif commun, pour défendre les droits fondamentaux qu'on tente de leur arracher, fait déferler en elle une vague de chaleur qu'elle n'a pas ressentie depuis longtemps. Andréa a beau avoir le regard rivé sur l'un de ses dossiers, elle ne perd pas une miette de ce qui se dit. Anticipant les questions que les journalistes lui poseront, elle réfléchit à la manière d'expliquer un tel mouvement. À la façon dont elle va pouvoir le récupérer pour mettre en avant ses sujets de prédilection. Citer Simone Veil et sa sortie

… c'est maintenant vers l'Amérique latine que nous nous tournons. En effet, depuis quatre jours, de nombreuses manifestations se déroulent dans plusieurs pays du continent. En Argentine, au Chili, ou encore au Pérou, un appel à la convergence des luttes au niveau international a été lancé. Notamment à l'initiative du mouvement féministe Ni Una Menos, militant pour le retrait de la loi visant à interdire de nouveau l'IVG sur l'ensemble du continent. Un rassemblement massif est donc prévu ce samedi à Santiago, afin de dénoncer l'influence des États-Unis sur l'Union des Nations sud-américaines, le manque de représentativité des femmes dans les instances décisionnelles et un appauvrissement volontaire des classes ouvrières. Plusieurs dizaines de milliers de manifestants sont attendus dans la capitale chilienne ce week-end. Le pape Jean-Paul III a prévu de prendre la parole cet après-

sur l'avortement qui doit rester l'exception ? Se moquer des féministes et de leur idéologie déviante ? Un mélange des deux ? Pourquoi pas. C'est toujours efficace.
À l'autre bout de la pièce, Jack est au téléphone. Figé, le visage fermé, il écoute ce qu'on lui dit les sourcils froncés. C'est lui qui a prié Gabriel de les rejoindre. Cordial, il salue son interlocuteur avant de raccrocher. Andréa coupe son iPad.

midi pour apaiser les tensions de ces derniers jours. Le gouvernement chilien a appelé les citoyens à rester chez eux, à garder leurs fenêtres fermées et à ne sortir qu'en cas d'absolue nécessité.
Sur place, les forces de l'ordre sont d'ores et déjà déployées et se disent prêtes à intervenir si besoin.
Cette manifestation n'étant pas déclarée, elles auront carte blanche pour interpeller toute personne participant à cette marche soi-disant festive et pacifiste. Le parti d'opposition...

— Alors ?

— Rien, répond Jack la mine soucieuse.

— Putain.

Il se tourne vers Gabriel :

— Je viens de raccrocher avec l'agent de la DGSI qui mène l'enquête sur l'attentat d'hier soir. Benoît Vidal. Tu le connais ?

Natsé s'efforce de sonder ce puzzle incomplet qu'est devenue la mémoire de Breton. Parfois, des réminiscences refont surface, laissant éclater des bulles de son passé. Pas cette fois.

— Ouais, ça me dit un truc, élude Gabriel. Mais on n'a jamais bossé ensemble.

Jack affiche un air perplexe et poursuit son explication à l'intention d'Andréa.

— Son équipe a interrogé le terroriste du Grand Effondrement que Gabriel a... attrapé.

— Bon et alors ? Pourquoi il n'y a rien de nouveau ?

Jack traverse la pièce pour regagner son siège.

— À part répéter en boucle qu'on doit tous mourir pour fertiliser la terre, le type ne lâche rien. Vidal a l'impression d'avoir affaire à une machine en plein bug.

— Mais il a bien quelqu'un dans sa vie ? demande Gabriel. Un boulot ? Un passe-temps ?

— C'est bien ça le problème, répond Jack en consultant son portable. Marc Rossini, 43 ans, expert-comptable. Pas de femme, pas de mari, pas d'enfant. Il n'avait que sa mère, décédée il y a six mois.

— Des amis ? Des collègues ?

— Rien de tout ça. Vidal a appelé la boîte pour laquelle il travaillait. Le RH lui a appris que Rossini avait arrêté de venir au boulot du jour au lendemain. Sa direction a essayé de le joindre, sans succès. Ils l'ont viré deux semaines plus tard.

— Et il n'avait pas...

— ... d'antécédents judiciaires ? Absolument aucun. Même pas une contravention. J'imagine que c'est pour ça que vos logiciels de reconnaissance n'ont rien signalé.

Andréa s'allume une clope. Derrière le masque de fumée, ellc paraît exténuée, à bout de forces, presque au bord des larmes. Elle se frotte le visage l'air de rien.

— Donc pour résumer, on a un homme qui appartient à la secte la plus violente du pays, a fait un carnage dans les locaux de la première chaîne de France, manquant, au passage, de buter les deux candidats à la présidentielle, et aucune info sur lui. À part qu'il était expert-comptable. C'est bien cela ?

— C'est bien cela, confirme Jack.

Andréa tire sur sa cigarette, absorbée par ses pensées. Comment en est-elle arrivée là ? Elle aurait pu faire tellement d'autres choses. Elle aurait voulu faire tellement d'autres choses. Profiter de sa jeunesse, voyager à travers le monde, dédier sa vie à la recherche, monter sa propre boîte. Peut-être qu'un jour elle aurait même trouvé quelqu'un avec qui partager tout cela. Après tout, au début, Jack et elle ont flirté quelque temps. Mais tout s'est emballé. La machine s'est mise en route, impossible de l'arrêter. Et toutes ces possibilités ont disparu dans le tunnel qui façonnait sa vie. Jusqu'où la conduirait-il ? Jusqu'à la détestation d'elle-même. La dépression. La mort ? Une bouffée d'angoisse l'envahit.

Un discret raclement de gorge lui permet de regagner la réalité. D'un bref signe de tête, elle remercie son adjoint de l'avoir arrachée à ses songes sordides.

— C'est bien plus inquiétant que ce que je pensais.

— Nous allons faire le nécessaire. Dès aujourd'hui, nous allons mettre en place un protocole qui permettra d'assurer ta...

Andréa lève la main, coupant Jack dans son élan.

— C'est très gentil de ta part de vouloir me rassurer. Mais tu sais très bien que, même avec toutes les mesures possibles, ce n'est qu'une question de temps.

— Andréa...

— Hier j'ai eu de la chance. Toi et Gabriel avez pu intervenir. Mais ce ne sera pas toujours le cas. Ces types du Grand Effondrement peuvent surgir à tout moment, ils sont déterminés et ils ne s'arrêteront pas là. La vraie question, c'est plutôt de savoir pourquoi tant de gens rejoignent leurs rangs. Comment se fait-il qu'un comptable, jusque-là irréprochable, se mette soudain à tirer dans une foule ?

— Je n'en sais foutrement rien.

— Pourtant je pense que les réponses ne sont pas si compliquées à trouver.

— Qu'est-ce que tu racontes ?

— Je pense que leurs discours, leur rage et leurs méthodes sont les seules choses qui fassent encore sens pour une part de plus en plus importante de la population.

— Mais comment peut-on en arriver à de telles extrémités ?

— Quand on n'a plus le choix, murmure Gabriel pour lui-même. Quand on est désespéré.

— Exactement, dit Andréa en pointant son index sur lui. Et je pense que c'est là le véritable échec de notre société, le vrai sabotage des gouvernements passés. C'est d'avoir détruit l'espoir. À grands coups de mensonges, de manipulations et d'entre-soi. En jurant les yeux dans les yeux ne pas pratiquer l'évasion fiscale quand on a des comptes en Suisse, en prétendant avoir des discussions d'homme à homme avec des violeurs en puissance, en magouillant avec des dictateurs libyens pour financer ses campagnes, en organisant des COP à répétition pour soi-disant lutter contre le réchauffement climatique, alors que le lendemain on dîne avec les plus gros pollueurs du monde. Le voilà notre échec, voilà ce qu'on a semé depuis des dizaines et des dizaines d'années. Et maintenant nous en récoltons les fruits en nous étonnant de constater qu'il n'y a rien de plus dangereux que des hommes et des femmes humiliés, acculés et persuadés de n'avoir plus aucune autre alternative que la violence.

C'est la première fois que Natsé entend Andréa s'exprimer ainsi. Avec cette sincérité et cette franchise que le monde médiatique ne permet pas.

— Pourtant, rien ne justifie les actes d'hier, intervient Evans d'une voix à peine audible.

— Mais évidemment, s'agace Andréa. Ne me prends pas pour une imbécile ! Je crois en la démocratie, je crois en la République et ses institutions. Tout comme toi ! Jamais on ne se serait engagé dans cette voie sinon. Je n'ai pas envie de foutre tout ça en l'air, comme ces barbares, sans aucun projet derrière. Je te dis juste que cette violence s'explique et que nous en sommes en partie responsables.

Avant que Jack ne puisse répondre, elle enchaîne d'un ton plus détaché :

— Et puis ne nous voilons pas la face, ce ne sont pas les seuls à attendre leur tour pour me refroidir. Les militants de l'opposition, les extrémistes religieux, le Black-Net. Ça se bouscule au portillon.

— On va trouver une solution.

— Comment tu peux dire ça ? demande Andréa en affichant un sourire plein de mélancolie. Tu sais très bien qu'on est pris à la gorge.

Jack dévisage furtivement Gabriel avant de revenir à Andréa, une profonde détresse incrustée dans les pupilles. Même si Natsé s'en doute depuis le début, ce regard lui confirme que le lien unissant la cheffe du parti et son directeur de campagne va bien au-delà de la seule relation professionnelle.

— Mais j'ai pris une décision, dit Andréa habitée par une détermination aussi nouvelle que soudaine. Gabriel, allez voir les équipes de com'. Tout de suite. Dites-leur que je veux organiser une conférence de presse. Si Logoé veut l'exclu, on la leur donne, mais en contrepartie je veux que ce soit diffusé sur toutes les chaînes du groupe.

— Arrête, intervient Jack. Ça ne sert à rien de paniquer.

— Je ne panique pas, je contre-attaque. Il faut que ça ait lieu le plus vite possible, continue-t-elle à l'attention de Gabriel. Demain, en fin d'après-midi, ce sera parfait.

— Heu... d'accord, répond l'intéressé, décontenancé par ce revirement de situation.

— Et dites aux RP de me tenir au courant dès que c'est OK.

— Bien, madame.

Gabriel se dirige vers la sortie. Derrière lui, il entend Jack protester :

— Andréa, tu vas finir par les énerver.

— Je m'en fous, rétorque-t-elle la mâchoire crispée. Il faut que je fasse quelque chose. Que je leur montre que je suis capable de reprendre la main. On leur a obéi au doigt et à l'œil et regarde où ça nous mène. Regarde ce qu'il s'est passé hier. Qui nous dit qu'ils ne sont pas derrière tout ça ?

Sous les traits de Gabriel, Natsé bouillonne. Qu'est-ce que la cheffe de l'ordre a derrière la tête ? Bien qu'elle ait déjà refermé la porte, Natsé entend très distinctement ses dernières phrases :

— Moi j'appelle Nacquart, il sait peut-être quelque chose. Et toi, tu t'occupes de Rastin. Il faut qu'on récupère ce qu'il nous a promis !

L'attentat lui a fait oublier la rencontre dans les

locaux de Logoé, l'attitude d'Andréa envers Joseph de Rastin, son ton oscillant entre menaces et supplications. C'est avec son soutien que la candidate compte craquer la Sauvegarde. La compassion que Natsé vient d'éprouver se mue en haine. Une haine teintée d'angoisse. Salvény veut s'en prendre aux Administrateurs, mettre la main sur leurs dossiers, effacer tout espace de liberté. Et l'homme le plus puissant du pays semble décidé à l'aider. Mais pourquoi ? Qu'est-ce qui peut pousser Rastin à accepter un tel marché ? Quelle est cette chose promise qu'il doit leur offrir ? Pendant que Gabriel s'enfonce dans les couloirs de l'Ordre, l'esprit de Natsé se perd en conjectures.

21

Nanterre, siège de l'Ordre Français, 21 heures

Installé dans son bureau, Gabriel scrolle les différentes adresses IP ayant cherché à se connecter aux serveurs de l'Ordre ces dernières vingt-quatre heures. Vu la qualité des VPN censés les dissimuler, Natsé est convaincue que le BlackNet n'a rien à voir dans ces tentatives d'intrusions grotesques. On est plus sur de l'ado de treize piges en mal de sensations fortes que sur du hacker confirmé. Certains n'ont même pas pris la peine de se protéger. Absorbée par les séries de chiffres qui défilent sous ses yeux, elle met du temps à capter les bruits de pas qui se rapprochent. Jack. À la manière dont on frappe à sa porte, elle comprend que ce n'est pas lui. Pas assez sec, pas assez nerveux.

— Oui ? dit Gabriel en quittant son écran.

Andréa Salvény entre dans la pièce. Elle porte la même tenue que ce matin, les mêmes bijoux, la même coiffure, et pourtant elle est différente. Moins autoritaire, moins froide. Pour la première fois, Natsé se fait la réflexion que la femme qui lui fait face a à peine trente ans. Elles ont presque le même âge, comme Millie ou ceux qu'elle côtoyait auparavant. Dans une autre vie, elles auraient pu être collègues ou amies. Mais Andréa porte ces idées xénophobes et nationalistes. Elle a choisi son combat : exploiter la peur et stigmatiser.

— Vous êtes encore là, Gabriel ?

— ... Madame Salvény. Oui, Jack m'a demandé de voir si je trouvais des corrélations entre certaines connexions à nos serveurs et les terroristes du Grand Effondrement.

La cheffe de l'Ordre prend place dans le fauteuil grinçant à côté de lui. Elle attrape son paquet de cigarettes dans sa poche et remarque qu'il est vide.

— Vous ne fumez pas ?

— Je me suis mis à la vapoteuse, il y a deux ans. Vous devriez essayer.

Elle froisse le paquet et le jette dans la poubelle postée au coin du bureau.

— Et alors, ça donne quoi ?

Toujours plongée dans ses réflexions, Natsé ne comprend pas tout de suite de quoi elle parle.

— Ah, les adresses IP ? Rien d'intéressant pour le moment. D'ailleurs, il faut que j'en informe Jack avant qu'il ne parte.

— Trop tard. Il avait quelque chose à faire. Il est parti plus tôt que prévu.

— Vu le peu de chose que j'ai trouvé, ça peut attendre demain.

Andréa observe le bureau. Des murs au papier peint défraîchi, une légère odeur d'humidité et des écrans pour seule lumière. Un endroit détestable. Pourtant, elle se dit qu'elle serait bien installée dans cette pièce, à l'écart de tous, sans personne pour la déranger ou retweeter la moindre de ses interventions. Sans que sa vie tombe dans le domaine public, sans aucun hater pour critiquer ou menacer. Seule avec ses pensées. Elle se rappelle à quel point la quiétude appartient au passé et regagne la réalité.

— Je voulais vous remercier Gabriel, dit-elle en laissant ses yeux vagabonder. Pour l'autre soir et pour les risques que vous avez pris.

— J'aurais souhaité faire davantage. Sincèrement.

— Vous nous avez donné une seconde d'avance avant que le carnage commence. C'est ce qui me permet de me tenir devant vous aujourd'hui. Et puis, vous avez arrêté l'un des terroristes, c'est déjà beaucoup. Peu de gens auraient agi de la sorte.

Ses derniers mots ont vibré sous le coup de l'émotion. Andréa se lève et lui tourne le dos. Elle fait quelques pas et effleure le Back toujours caché sous son drap de poussière.

— Vous allez bien, madame Salvény ?

La présidente de l'Ordre ne répond pas. Immobile, face à la machine qu'elle continue de caresser du bout des doigts, de nouveau perdue dans ses pensées. Quand elle reprend la parole, revenant vers Gabriel, sa voix a retrouvé son assurance.

— Vous savez, je me suis toujours figuré cette campagne comme un marathon. Une course où l'endurance prime sur tout le reste. Il faut être solide sur la durée. La fatigue ne doit jamais prendre le dessus. On ne doit même pas la considérer, de peur de la montrer. Médias et détracteurs sont aux aguets, prêts à nous conduire au gibet. Nous arrivons dans la dernière ligne droite. La plus difficile et la plus dangereuse. Et je vais avoir besoin de vous.

— Vous pouvez compter sur moi.

— Oui, je commence à le croire. Une étincelle traverse le regard d'Andréa. Et encore une fois je vous en remercie. Dans ce monde le soutien est une chose aussi rare que précieuse.

Elle consulte sa montre.

— Je dois partir, j'ai un rendez-vous. Mais demain, avec Jack, j'aimerais aborder un nouveau sujet avec vous. Un sujet d'une importance capitale pour la suite des événements.

— Très bien, répond Gabriel, surpris par ce ton solennel. Je reste à votre disposition.

— Bonne soirée, dit-elle en lui tendant la main.

Il se lève pour lui dire au revoir. Sa peau est froide, sa poigne est ferme. Salvény quitte la pièce, l'écho de ses pas résonne dans l'étroit couloir. Tandis que Natsé rembobine la conversation, Gabriel ne bouge pas. Elle a pris une décision. Une décision qui marquera un tournant majeur dans la campagne.

Une fois Andréa partie, Gabriel retourne à son clavier et lance un scan du bâtiment. Il est seul. Il attrape son smartphone, passe en crypté et appelle Millie. Trois sonneries plus tard, elle décroche.

— Ouais ?

Elle se veut nonchalante, détendue. Natsé sait que ce n'est pas le cas.

— Andréa vient de se barrer, elle va voir Rastin. C'est le moment.

— OK. Je suis garée juste derrière, j'arrive.

— On se rejoint devant son bureau. À tout de suite.

— À toute.

Il raccroche et court jusqu'aux escaliers. Après la discussion de ce matin, Natsé a échafaudé un plan. Un plan qui devrait leur permettre de découvrir ce qu'Andréa compte faire. Le corps de Gabriel dévale les marches le plus vite possible, s'arrête au deuxième étage et déverrouille la porte à l'aide de son badge. Il ne faudra pas oublier d'effacer l'historique des entrées/sorties. Dans les bureaux déserts, tracts de campagne, banderoles et ballons à l'effigie du parti s'entassent un peu partout. Au pied des corbeilles, des boulettes de papier, vestiges de notes imparfaites, jonchent le sol tandis qu'un amoncellement de mugs occupe l'évier. En journée, c'est une véritable fourmilière à l'ambiance électrique. Andréa s'est entourée d'une ribambelle de marketeux, de communicants et de fins connaisseurs des institutions françaises, à peine sortis de l'école. Ils assurent sa présence sur les réseaux sociaux, l'aident à préparer ses discours, la briefent avant les interviews et lui rédigent des fiches exhaustives sur les sujets les plus pointus. L'Ordre doit aussi occuper le terrain. Se rendre dans la rue, brailler des slogans, gérer la sécurité de ses meetings, en bref intimider. Par le nombre et la violence. Ces tâches sont confiées à des militants dont la détermination n'est plus à prouver. Blancs, bien sûr, des hommes pour la plupart, ils ne reculent devant rien pour clamer leur haine des étrangers. Parfois, les deux équipes sont amenées à collaborer. Pour préparer une manifestation ou organiser un déplacement. Et c'est souvent drôle. Les communicants blâment les crânes rasés de trop en faire, de discréditer leur image, d'être trop agressifs. Les seconds reprochent aux petits intellos prétentieux d'être trop frileux et de ne pas assez se salir les mains. Il y a deux jours, confortablement assis derrière son PC, Gabriel a vu une bagarre éclater en pleine réunion. Jack est intervenu pour empêcher un golgoth de deux mètres de frapper une juriste à coups d'agrafeuse.

Gabriel continue au pas de course et arrive essoufflé devant le bureau d'Andréa.

— Quel athlète ! entend-il derrière lui.

Millie le rejoint, passe ses bras autour de son cou et dépose un baiser sur ses lèvres.

— T'as la clé ?

— C'était chaud, dit-elle en sortant un trousseau de sa poche, mais j'ai réussi à prendre l'empreinte de celle d'Andréa quand on a déj' ensemble.

— Un vrai petit ninja, sourit Gabriel.

— T'enflamme pas. Ça se trouve, ça ne va pas du tout marcher.

Millie glisse la clé dans la serrure.

— Roulements de tambour, ironise-t-elle pour dissimuler son inquiétude.

Le double pivote vers la droite, des cliquetis se font entendre. Un second tour et la porte s'ouvre.

— Tadaaa !

— Tu gères, dit Gabriel en entrant.

— C'est assez excitant de jouer aux espionnes. Je vais peut-être me reconvertir.

Gabriel et Millie filent jusqu'au bureau d'Andréa. Millie épluche les dossiers qu'elle trouve, tandis que Gabriel allume son PC. Un son accompagnant le démarrage fait sursauter Gabriel.

— Putain.

— Calme-toi. On est tout seuls.

— Ouais, ouais, t'as raison.

— T'as son mot de passe ?

— C'est la moindre des choses vu ce que je fais chez eux.

Gabriel prend son portable et cherche le fichier où il l'a noté : L4 v1e éτaιt bƐllƐ alors jƐ mƐ 5oυvien5 de l'époquƐ où je s4vaiς ce qu'étaiτ lƐ bonhƐυr.

Millie s'approche du téléphone pour lire la phrase.

— C'est un texte de Barbra Streisand.

— C'est qui ?

— Une chanteuse que mes parents écoutaient tout le temps. *Life was beautiful then, I remember the time I knew what happiness was*, traduit Millie. J'aimerais bien savoir pourquoi elle a choisi ça.

Gabriel entre le mot de passe et l'écran de verrouillage laisse place à l'accueil.

— Parfait.

— Tu n'aurais pas pu pirater ce PC depuis ton ordi ? demande Millie en poursuivant ses recherches dans les dossiers d'Andréa.

— Je vais devoir copier/coller un certain nombre de fichiers. En se connectant en direct, ça limite les traces de transferts.

Natsé déteste ça, mais elle vient de lui mentir. La vérité, c'est que, depuis plusieurs semaines, Millie s'est mis en tête de visiter le bureau d'Andréa. Persuadée d'y trouver des preuves, déterminée à aider, à agir. Elle sait que la dispute qu'elles ont eue chez elle il y a deux ans a semé une graine dans l'esprit de sa petite amie. Et ce soir, bien que terrorisée à l'idée qu'il lui arrive quoi que ce soit, elle ne peut s'empêcher d'éprouver de la fierté à la voir s'impliquer ainsi. Elle est même rassurée de savoir que Millie la soutient dans cette mission de plus en plus obscure. Alors, après sa conversation du matin avec Jack et Andréa, elle lui a demandé de l'aide. Une fois de plus. Car depuis deux ans Millie s'engage déjà au-delà de l'imaginable. Elle a mis sa carrière en danger, s'est brouillée avec ses potes et sa famille et, surtout, elle a dénigré publiquement des valeurs, tolérance et solidarité en tête, qu'elle considère comme fondamentales, remettant en question sa personnalité et son éducation. Tout ça par amour. Uniquement par amour. Natsé préfère éviter de penser à tout ce que Millie endure pour elle. Ça lui donne la nausée, l'envie de se gifler, de tout arrêter. Du coup elle l'accompagne, s'interdisant cette fois de la laisser prendre des risques seule. Un acte minimaliste pour tenter d'avoir bonne conscience. Un acte égoïste donc.

— Tu sais ce que tu cherches ? demande Millie toujours penchée sur les documents d'Andréa.

— À peu près tout, répond la voix de Gabriel en sondant le PC.

Un message d'erreur apparaît sur l'écran.

— Fuck !

— Qu'est-ce qui se passe ?

— Tous ses mails sont cryptés.

— C'est un problème pour toi ?

Les doigts de Gabriel s'agitent frénétiquement sur le clavier.

— Ils ont utilisé une méthode hybride. Une alternance entre chiffrement asymétrique et symétrique.

Même avec les meilleurs outils des Admins, on mettrait plusieurs semaines à trouver la clé.

Millie referme le dossier qu'elle consultait et se tourne vers la bibliothèque.

— Essaie de voir si tu arrives à te connecter à ses comptes de messagerie. Je sais qu'elle a des applis comme Signal ou Olvid.

Natsé se creuse les méninges. Elle est capable de beaucoup de choses, mais en si peu de temps ça s'annonce galère. Pourtant, si elle ne découvre pas le plan qu'Andréa et Jack s'apprêtent à mettre à exécution, la Sauvegarde va tomber. Et ses milliers d'utilisateurs aussi. Avec leurs secrets, leurs rêves et leurs opinions, intolérables aux yeux de l'Ordre Français. Même si Andréa ne remporte pas les élections, hypothèse peu probable selon les derniers sondages, elle pourrait grâce à ces données mener une guerre sans merci contre ceux dont elle méprise la pensée. Qui sait de quoi les militants de l'Ordre seront capables avec de telles infos entre les mains ? Passages à tabac, meurtres, attentats ? Ces putains d'islamo-anarchistes du BlackNet n'ont qu'à bien se tenir, leurs jours sont comptés. Sur l'écran, le curseur continue de danser, ouvrant chaque fichier pour trouver le moindre indice. Sans succès.

— Tiens, attrape !

Devant la console en demi-lune qui accueille les bouteilles d'Andréa, Millie affiche un grand sourire. D'un coup de poignet, elle balance un objet de la taille d'une gomme. Gabriel chope la clé USB au vol.

— Andréa est une flippée de l'informatique, enchaîne Millie. Pour elle, tout ça, c'est comme de la magie. Elle a toujours peur de voir ses fichiers disparaître sans raison. Ça m'étonnerait pas qu'elle ait sauvegardé des trucs là-dessus.

Gabriel insère la clé dans l'ordi. Un nouveau code lui est demandé. Il tente la citation de Streisand et accède à son contenu.

— Yes ! T'es vraiment trop forte, dit-il en se tournant vers Millie, maintenant debout derrière lui.

— Je sais, répond la jeune femme en pointant l'écran du doigt. Regarde, c'est rempli de JPEG, de mails et de vocaux.

Gabriel clique sur un premier fichier texte.

> De : Andréa (a.slvn@protonmail.com)
> À : Joseph de Rastin (jder@groupelogoe.com)
> Objet : Rédemption
> Date : 17 octobre 2036
> Joseph,
> Nous savons ce que vous avez fait, nous savons de quoi vous êtes coupable, et surtout nous savons que vous valez mieux que ça. Aujourd'hui, vous pouvez rattraper vos erreurs, vous pouvez venir en aide à vos concitoyens et voler au secours de notre pays attaqué par ces barbares. Contactez-nous au plus vite. La France a besoin de vous.
> Bien à vous,
> A.

La voilà la clé de l'énigme ? Enfouie dans le passé du PDG de Logoé ? Natsé se doute qu'un businessman comme Rastin est loin d'être clean. Pour en arriver là où ils en sont, les types de sa trempe marchent sur un fil tendu entre crime et légalité. Dansant avec eux, virevoltant de l'un à l'autre, jouant à ce jeu truqué dont ils écrivent les règles. Rastin est un homme brillant, entouré d'une armée d'avocats payés grassement pour garantir le bon déroulement de ses affaires. Alors quel secret Andréa a-t-elle déterré pour faire pression sur lui ?

— Il y a un vocal qui date d'il y a moins d'une heure, dit Millie en indiquant un nouveau fichier.

Gabriel double-clique dessus et la voix de Rastin s'élève depuis les enceintes :

— Madame Salvény, j'ai bien reçu les messages de monsieur Evans. Il faut que vous compreniez que la situation est complexe. Pour vous comme pour moi, explique l'homme d'affaires sur un ton où perce la colère. J'ai conscience de l'ampleur de la menace qui pèse sur nous. Bien plus que vous ne pouvez l'imaginer. Cependant, je ne tolérerai plus que vous me parliez de cela comme vous l'avez fait hier soir, dans mes propres locaux, aux yeux de tous. J'espère que c'est compris. Vous ne savez pas de quoi je suis capable.

La voix s'arrête et Gabriel s'apprête à lancer une nouvelle piste quand le magnat reprend :

— Toutefois, je suis d'accord avec vous. Il faut agir et j'ai une proposition à vous faire. Rejoignez-moi au salon du Lutetia, ce soir, à 22 heures. J'ai quelque chose pour vous. Quelque chose de sacré, ajoute-t-il avec une pointe d'émotion.

Le vocal se termine, un silence pesant s'installe dans le bureau.

— C'est pour ça que Jack est parti plus tôt que prévu...

— C'est quoi ça ? demande Millie en indiquant des captures d'écran copiées dans le même dossier.

En les ouvrant, Gabriel voit des schémas complexes où flèches et équations s'entremêlent.

— Ça, ça sent pas bon du tout, lâche-t-il au bout d'un moment.

— Tu penses à quoi ?

— Avec l'aide de Rastin, Andréa sera sans doute capable de craquer la Sauvegarde. Si c'est le cas, elle aura accès à une quantité d'infos colossale et pourra faire chanter un paquet de monde.

— En les menaçant de les priver de leurs souvenirs ?

— Oui, pour ceux qui consomment du Silencio. Mais ce ne sont pas les seuls à utiliser la Sauvegarde. Vu que c'est le dernier espace numérique réellement protégé, beaucoup s'en servent. Andréa trouvera peut-être des choses sur Philippe Nacquart, sur ses proches ou d'autres opposants. Des membres d'associations, des journalistes, bref tous ceux qui incarnent un quelconque contre-pouvoir. Mais ce qu'elle veut surtout savoir, c'est qui se cache derrière les Administrateurs.

— Pour détruire les dossiers qu'ils ont sur elle ?

— Sur elle et toutes les personnes qui entretiennent ce système. Sur les accords entre lobbyistes et politiques, sur leurs relations avec les groupes de presse comme Logoé, sur des financements de campagne douteux. Les Admins veulent révéler un scandale qui obligera le grand public à se révolter. Avec ce qu'ils ont entre leurs mains, on ne pourra plus parler d'autre chose.

— Pourquoi ils ne le font pas alors ?

— Ils attendent le bon moment. Pour que leurs infos ne se trouvent pas noyées parmi les fake news de la campagne présidentielle.

— Mais si Andréa découvre qui ils sont, où ils vivent, ils se feront buter tout de suite, s'insurge Millie.

— Ils le savent. Ces types risquent leur vie en permanence. Mais t'as raison, s'ils ont accès à la Sauvegarde, Rastin et Salvény seront inarrêtables. Le premier pourra asseoir son monopole sur n'importe quel secteur en usant de ces infos confidentielles, et il ne lui restera plus qu'à soutenir la seconde, élue par le peuple dont le cerveau aura été lavé à grands coups de propagande médiatique. Avec la puissance de frappe de Rastin, l'opposition n'aura plus la place d'exister. Dans la foulée, ils achèveront la fonction publique en transférant les ressources de l'État aux membres de l'oligarchie qu'ils auront créée.

— C'est une dictature.

— Une dictature constitutionnelle, ouais. Ça commence en s'appuyant sur la loi et puis, petit à petit, ça met les institutions républicaines sous la tutelle des privés. Ensuite, il suffit d'accentuer les tensions sociales et de stigmatiser les individus qui ne rentrent pas dans le cadre pour légitimer un contrôle renforcé sur la population. Le fichage numérique permet de fliquer les gens du matin au soir et quelques exemples de condamnations démesurées élimineront les plus réfractaires. Pour maintenir tout ça en place, les médias de Logoé, chaînes et journaux, balanceront régulièrement des polémiques sans intérêt, pour diviser les citoyens et les empêcher de se concentrer sur les vrais problèmes.

— Qu'est-ce qu'on peut faire ?

— Est-ce que tu peux monter à mon bureau pour copier tout ça sur mon ordi perso ? Il est dans mon sac.

Dès que t'as terminé, tu remets la clé où tu l'as trouvée et tu traces.

— OK. Toi, tu fais quoi ?

— Faut que je prévienne les Admins. Tout de suite. À l'heure qu'il est Jack et Andréa ont peut-être déjà de quoi défoncer le protocole de sécu de la Sauvegarde. Dès que t'as copié les données sur mon PC, tu m'envoies un message pour que je les transfère ailleurs.

Millie et Gabriel s'embrassent et quittent le bureau. Ils traversent les couloirs de l'Ordre, revenant sur leurs pas. Au moment de se séparer, Millie plonge ses yeux dans ceux de Gabriel :

— Nat, fais gaffe. J'ai l'impression que quelque chose nous échappe. Qu'il y a un truc qu'on ne pige pas.

— Promis. Toi aussi fais attention. Il ne faut pas qu'on craque, on s'approche de la fin. Espérons juste qu'elle nous soit favorable.

22

Noisy-le-Sec, technicentre abandonné, 23 heures

Dehors, un RER grince sur des rails rongés par la rouille. Des planches de contreplaqué obstruent les fenêtres. Gabriel s'avance, portable en main. La lampe du téléphone éclaire les murs couverts de tags, les débris de bouteilles et les restes de palettes cramées qui jonchent le sol. L'odeur âcre de l'urine est partout. L'endroit doit parfois servir d'abri de fortune à ceux qui n'en ont pas. Il faut juste espérer que personne ne se pointe maintenant. En arrivant, Natsé a vu une ombre se faufiler derrière le bâtiment. Elle a d'abord pensé à un SDF qui zonait dans le coin, mais en plissant les yeux de Gabriel elle a remarqué la silhouette massive et les cheveux grisonnants dégringolant jusqu'aux épaules. Le visage du Sauveur lui est revenu en mémoire. Est-ce lui qui s'occupe d'installer le système la reliant aux Admins ? Elle se raccroche à cette supposition en continuant d'explorer l'immeuble.

L'implant se manifeste. Les interférences parcourent son épiderme, font chavirer un Gabriel aux jambes déjà chancelantes. Les voix surgissent de l'obscurité.

— Que se passe-t-il, agent Natsé ?

L'inquiétude qu'elle décèle malgré la distorsion

confirme ses craintes. Une heure plus tôt, quand Gabriel a contacté les Admins, ceux-ci n'ont pas rechigné à le rencontrer, eux qui détestent les imprévus. Leur comportement ne fait qu'accroître son stress.

— J'ai récupéré des preuves capitales sur l'ordinateur de Salvény.

— Pourquoi ne pas nous les avoir communiquées ?

— Ces preuves confirment notre hypothèse que la Sauvegarde n'est plus aussi sûre qu'avant. Je n'ai pas d'autre choix que de vous les transmettre de vive voix pour le moment.

— Bien, poursuivez.

— Salvény et Rastin ont bien pour objectif de pirater la Sauvegarde. Et Rastin semble avoir trouvé une solution. D'après ce que j'ai compris, il ne voulait pas traiter avec Salvény, mais elle est parvenue à le faire chanter.

— Savez-vous comment ? s'empresse de demander l'un des Administrateurs.

— Pas pour le moment. Andréa menace de dévoiler ce qu'il a fait s'il ne l'aide pas à pénétrer la Sauvegarde, sans préciser de quoi il s'agit. Peut-être que nous l'apprendrons en analysant le reste des fichiers que j'ai trouvés.

— Et Joseph a cédé à ce chantage, dit un Admin pour lui-même.

— Apparemment, confirme Gabriel, notant au passage le recours au prénom du patron de Logoé. Il a donné rendez-vous à Salvény dès ce soir.

Pas de réponse. Les Admins doivent converser de leur côté, réfléchir à la suite des opérations, prendre les mesures nécessaires. La situation est plus critique qu'elle ne le pensait.

— Et ce n'est pas tout.

— Nous vous écoutons, agent Natsé.

— J'ai manqué de temps pour tout analyser mais, parmi les fichiers d'Andréa, j'ai aperçu des plans. Des plans montrant un système de Backs complexes, reliés entre eux et implantés au sein même d'un énorme data center.

— Où se trouve-t-il ?

— C'est justement ce qui a retenu mon attention, je n'ai pas pu l'identifier. C'est pourtant l'un des plus gros centres que j'aie jamais vu. Soit il est basé à l'étranger, soit il a été construit dans le plus grand secret.

— Nous allons nous occuper de faire des recherches sur ce sujet...

— ... Que pensez-vous qu'ils vont en faire ?

Natsé n'est pas sûre de ce qu'elle s'apprête à avancer. Tant pis, le temps n'est plus à l'hésitation.

— Une telle installation pourrait servir à vider la Sauvegarde.

Un silence lourd de sens explose entre les murs de béton. Les Administrateurs accusent le coup.

— C'est-à-dire ?

— Selon moi, après avoir craqué la Sauvegarde, ils pourraient la copier intégralement sur ce nouveau data center pour se l'approprier pleinement. Salvény et Rastin pourraient alors supprimer les données que nous avons et consulter les copies quand bon leur semble.

Nouveau silence, puis...

— ... Agent Natsé, nous tenons à vous féliciter...

— ... Nous savions que nous pouvions compter sur vous...

— ... Aujourd'hui, vous nous offrez le temps d'avance nécessaire...

— ... pour prendre les mesures qui s'imposent. Y a-t-il autre chose...

— ... dont vous vouliez nous informer ?

Gabriel secoue la tête comme si les Admins pouvaient le voir.

— Ah si, ajoute-t-il en se souvenant de la mission dont Andréa l'a chargé le matin même. Salvény souhaite organiser une conférence de presse, dès demain. Retransmise sur les chaînes de Logoé justement.

— De quoi veut-elle parler, si près des élections ?

— Elle ne l'a pas précisé, mais ça semblait urgent.

Après un nouveau conciliabule, plus long que les précédents, les Administrateurs poursuivent :

— Nous vous sommes reconnaissants de nous avoir mis au courant...

— ... Dès que possible. Ce sont des informations primordiales que...

— ... vous nous avez transmises. Et nous venons...

— ... donc de prendre une décision tout aussi...

— ... importante. Une décision difficile, mais qui, vu la situation...

— ... est nécessaire si nous souhaitons protéger nos concitoyens...

— ... et en finir une fois pour toutes avec ce système corrompu. Pour le...

— ... BlackNet, pour la résistance, pour nos libertés, nous vous...

— ... demandons donc d'éliminer Jack Evans et...

— ... Andréa Salvény.

— Dès ce soir.

— Quoi ?!

— Si nous les laissons faire, nous sommes condamnés.

— Nous ne voulions pas en arriver là...

— ... mais nous n'avons plus le choix.

— Soyez rassurée, agent Natsé, après cela, votre mission prendra fin...

— ... et vous retrouverez enfin votre vie d'avant.

— Pensez à cela, pensez à...

— ... vous et à Madame Lacroix.

Natsé veut répondre. Trop tard. La communication s'arrête. À l'extérieur, un RER fait une fois de plus crisser les rails usagés. Le hurlement fait écho à celui coincé dans la gorge de Gabriel. Il se tient debout, les bras ballants, le regard vide. Nausées, sueurs froides, tremblements. Natsé a la sensation que son ventre n'est plus qu'un gouffre de douleurs.

23

Paris, 11ᵉ arrondissement, 1 heure

Au volant de sa voiture, Gabriel longe le cimetière du Père-Lachaise doté d'un étage souterrain pour répondre au manque de place. Un halo blanchâtre flotte au-dessus du lieu. Depuis l'installation d'hologrammes permettant de converser avec les occupants les plus célèbres, l'endroit est constamment baigné de cette lumière macabre. Cet aménagement, aussi glauque soit-il, a contribué au regain de popularité du vieux Père. Avant, les touristes éclataient des bières sur la tombe de Jim Morrison, maintenant ils font des selfies devant une modélisation 3D d'un B2O mort quelques années plus tôt. Gabriel poursuit sur l'ex-rue du Chemin-Vert, rebaptisée depuis peu Helen-Keller, et tourne à droite pour rejoindre le boulevard Voltaire. En dépit de l'heure tardive, les chauffeurs VTC et les livreurs VTT arpentent toujours le pavé, le nez fixé sur leurs smartphones, attendant une notif synonyme de travail. Leur disputant la chaussée, les voitures autonomes glissent silencieusement sur le macadam. Gabriel lève les yeux vers les panneaux publicitaires et leur manège de pixels incessant, pensé pour attirer l'œil comme un insecte sur une lampe haute tension. Juchés à plusieurs mètres afin d'éviter les dégradations, ils éclairent si puissamment que les réverbères sont inutiles. Plusieurs de ces écrans, pour bénéficier du meilleur emplacement, ont été accrochés devant les fenêtres des appartements, masquant des étages entiers. En échange d'une indemnisation, goutte d'eau dans un océan de dividendes, versée par la multinationale propriétaire. Les prix de l'immobilier sont tels que, même dans un quartier bourgeois comme celui-ci, certains acceptent le sacrifice. À côté, l'habitat illicite s'est considérablement développé. D'abord aux yeux de tous : tentes dans les parcs, véhicules aménagés sur les campus ou squats de logements inoccupés. Mais cela n'avait duré qu'un temps. Signalements, police, matraques. En quelques mois, tous ces fous qui avaient la prétention de dormir à l'abri se sont fait dégager. Restaient les plus téméraires, ou les plus désespérés, on ne sait jamais vraiment. Le tournant des années 2030 a vu l'émergence de deux écoles : les Dé-Couvreurs et les Sous-Terriennes. Les premiers ont investi les toits, cartographiant accès et connexions entre bâtiments, et construisant des habitations pourvues de panneaux solaires faits maison. Tyroliennes, câbles et poulies relient les différents villages perchés entre eux. La densité du réseau ainsi que la maîtrise nécessaire pour le parcourir procurent aux Dé-Couvreurs la tranquillité souhaitée. Les forces de l'ordre, caparaçonnées façon Tortues Ninja, n'ont clairement pas l'agilité nécessaire pour évoluer là-haut. Toutefois, ce mode de vie revêt un inconvénient majeur : vivre au-dessus des boulevards parisiens signifie cohabiter avec le bruit. Les cris, les crissements et les crimes. C'est donc tout naturellement que les Dé-Couvreurs en quête de paix ont développé une addiction massive au Silencio. Drogue et pauvreté faisant rarement bon ménage, les agressions au sein de la communauté se sont multipliées, chacun voulant se procurer sa dose de calme. Couplées aux infections pulmonaires causées par une pollution de plus en plus nocive, cela rend les hauteurs peu attrayantes. À l'inverse, les Sous-Terriennes se sont installées dans les catacombes. Avec plus de 300 kilomètres de galeries et des centaines d'hectares de carrières, la ville offre de quoi loger un paquet de gens. Plus indépendantes que leurs acolytes des firmaments, les Sous-Terriennes ne remontent que très rarement à la surface. Cette société matriarcale, gérée par un conseil de femmes, mais autorisant les hommes, est constituée de quatre corps de métiers : les Fournisseuses, chargées de mettre la main sur les ressources nécessaires à la vie de la communauté et devant parfois braver le monde extérieur pour se les procurer ; les Sentinelles, gardant les entrées vers les tunnels, surveillant les couloirs et décourageant les cataflics un peu trop curieux ; les Agricultrices qui ont mis au point différentes techniques pour cultiver carottes, patates et toutes sortes de légumes racines dans les entrailles de la capitale ; et enfin les Architectes, occupées à consolider et découvrir de nouvelles galeries, repoussant sans cesse les limites de ce monde souterrain.

Il y a quatre ans, quand Natsé avait rédigé un premier article sur le mouvement qui se structurait tout juste, elle s'était dit que jamais elle ne pourrait vivre d'une telle manière. À la fois trop rude, trop exigeante et trop lâche. Se cacher ne lui semblait pas la bonne solution. Depuis, son point de vue avait évolué. Après tout, peut-être vaut-il mieux reconstruire une société ailleurs, n'importe où, plutôt que de s'évertuer à changer ce système capitaliste profondément raciste et misogyne. Un système qui réussissait à convaincre et ne demandait qu'à perdurer jusqu'à l'épuisement total des ressources. Et si elle se trompait ? Après tout, qui est-elle pour prétendre que ses choix sont meilleurs que les autres ? Natsé se ressaisit, chasse ses pensées fatalistes. Non ! Ce sont les puissants qui imposent leurs décisions depuis des années. En nous faisant croire qu'aucun modèle différent du leur n'est possible. Même si chacun grandit avec cette idée, il faut réussir à s'en détacher, à la combattre. Mais alors jusqu'où aller ? La question monopolise ses pensées.

Quelques mètres avant République, Gabriel tourne à gauche et se gare près de l'appartement de Millie. Il sent l'air chaud de la rue, pourtant il a froid. Il sonne, grimpe les escaliers et la retrouve.

— Qu'est-ce qui se passe ? demande Millie en découvrant son visage blême.

Gabriel raconte. Natsé peine encore à croire les mots qui sortent de sa bouche.

Une fois le récit terminé, Millie ne dit rien. Trop occupée à assimiler l'information, à décrypter ce que ça signifie.

— Mais ils ont pété un plomb ? finit-elle par articuler.

— Je... Je comprends pas, dit Gabriel en se dirigeant vers le salon. Il n'a jamais été question de ça.

— Ils sont en train de devenir fous, Nat. C'est n'importe quoi !

— Je... Je sais, balbutie un Gabriel embrouillé par les pensées de Natsé.

— On a beau parler de Salvény, on ne peut pas tuer des gens comme ça !

— Je sais, Millie.

— Et ensuite ce sera quoi ? On élimine tous ceux qui ne sont pas d'accord avec nous ? On fait des attentats suicides comme le Grand Effondrement ?

— Bien sûr que non...

— Ils pètent un câble. Et si tu veux mon avis, ça fait déjà quelque temps ! Depuis le début, les Administrateurs sont rongés par la paranoïa. Et maintenant ils en arrivent aux mêmes extrémités que ceux qu'ils combattent. C'est n'importe...

— Je sais ! finit par hurler Gabriel.

Un violent mal de crâne le transperce, similaire à ceux provoqués par ses discussions avec le BlackNet. Millie l'observe, partagée entre l'effroi et la colère.

— Je sais, reprend-il à voix basse.

Les paupières closes, il se masse les tempes. Natsé tente de réfléchir. Trop de choses se bousculent dans sa tête. Il rouvre les yeux et s'enfonce dans le canapé.

— Mais alors on reste sans rien faire ? dit-il après un long silence. C'est pas possible. On ne peut pas accepter que la future présidente du pays chope les souvenirs des gens et fouille dans leur intimité pour anticiper la moindre de leurs réactions.

Millie s'assied à côté de lui, et pose la main sur sa cuisse.

— Et toutes ces preuves que les Admins ont accumulées depuis des années, continue Gabriel. On laisse Salvény et Evans les supprimer ?

— Nat... On ne sait même pas ce que les Administrateurs protègent exactement. Là on parle d'assassiner quelqu'un.

Gabriel la repousse, se lève et se met à tourner comme un lion en cage.

— Et combien de vies ils vont briser eux ? Combien de lois dégueulasses ils vont voter, combien de personnes ils vont manipuler ? Faut pas oublier ça non plus. Cambridge Analytica, l'élection de Trump, le Brexit, la campagne présidentielle au Nigeria. C'était y a pas si longtemps que ça ! Nos gouvernements, partout à travers le monde, veulent collecter toujours plus de données sur nous. Big data et algorithmes influencent nos choix, balisent nos vies et nos envies. Ce sont les fers de lance des politiques sécuritaires. Le but de nos dirigeants, et des boîtes qui les assistent, n'est plus de prédire l'avenir, mais de le façonner, en réduisant nos champs d'action. Une pensée déviante ? Un petit écart à la loi ? Bim ! Le logiciel se déclenche et tu te retrouves en taule sans même avoir compris pourquoi. C'est ce qui arrivera si Salvény met la main sur la Sauvegarde.

— Je suis d'accord avec toi, Nat. Mais est-ce que la fin justifie les moyens ? On élimine les personnes qui représentent un danger pour nous et basta, on passe à autre chose ? C'est ça le modèle de société que tu veux défendre ?

— Ce que je veux défendre, c'est mes propres choix ! Que des boîtes comme Palantir, AggregateIQ ou Logoé cessent de nous instrumentaliser pour leur putain de business ! Voilà ce que je veux !

— Et alors ? s'énerve Millie. En butant Andréa, tu crois que ça va tout résoudre ? Tu ne penses pas que, si on en est arrivés là, c'est un tout petit peu plus grave que ça ? Que le problème de fond est plus important ? C'est pas un peu simpliste de s'imaginer que tout est de la faute de Salvény ?

Gabriel est livide, sa mâchoire est serrée, ses dents grincent.

— Ne me prends pas pour une débile, siffle-t-il. Tu crois que je ne me suis jamais posé la question ? Mais à un moment c'est bien gentil de tergiverser dans son coin, mais ça ne suffit pas ! Je sais très bien que ça ne réglera pas tout, mais ça nous fera gagner du temps. Et là, c'est de ça que nous avons besoin !

— Et t'es prête à tuer pour ça ?

— Faut bien que quelqu'un se salisse les mains, non ? Si ce n'est pas moi, qui va le faire ?

— Toi, toi et toujours toi ! Tu fais chier avec ton ego de merde ! Tu te prends pour la grande sauveuse, mais t'es que dalle, Nat ! Tu peux crever la gueule ouverte et le monde continuera de tourner ! Et c'est pas les Admins qui bougeront pour faire quoi que ce soit. Va falloir que tu l'acceptes, ça. La seule chose que tu portes à bout de bras, c'est toi. Et encore !

Millie shoote dans la table basse, un verre à pied se fracasse. Gabriel s'adosse au mur, se laisse glisser pour retrouver les débris et pleurer. Pendant un instant, Millie ne bouge pas. Il n'a qu'à chialer ce gros con. Puis, elle se souvient qui habite ce corps. Elle rejoint la femme qu'elle aime.

— Ça va aller ma belle, murmure-t-elle.

Gabriel morve, renifle et déglutit.

— J'en peux plus. J'en peux vraiment plus. Je faisais

ça pour nous, pour nos droits, pour notre avenir... J'ai fait des sacrifices et je suis prête à en refaire. Mais là... là je ne sais pas si je peux. Je ne pensais pas qu'ils me demanderaient d'aller jusque-là. Effacer les souvenirs de Breton, prendre sa place, c'était déjà trop. J'aurais jamais dû accepter ça.

— Tu n'es pas obligée de continuer, Nat. Tu en as fait beaucoup. Plus que n'importe qui. Les Admins ont toutes les infos dont ils ont besoin. Ils n'ont qu'à se démerder.

Tel un enfant, Gabriel s'essuie le nez d'un revers de manche.

— Mais je peux pas arrêter après tout ça. Qu'est-ce qui va se passer, sinon ?

— Ce n'est plus ton problème. T'as déjà fait bien plus que ta part.

— Et les Admins ? Je leur dis quoi ? Ils sont au courant pour nous deux.

— Ne t'inquiète pas pour ça. On est ensemble, c'est le plus important.

— Mais ils m'ont demandé de tuer Andréa et Jack, Millie. Jusqu'où ils peuvent aller ? Ils me font flipper, putain !

— Nat, ça va le faire.

— Non, dit Gabriel en se relevant. Il faut qu'on se barre, qu'on dégage d'ici. On fait nos sacs et on se casse. Les Admins n'ont qu'à aller se faire foutre, j'ai assez donné, ils n'ont qu'à se trouver un autre larbin.

Millie l'attrape par les épaules.

— Natsé regarde-moi. Regarde-moi !

Gabriel arrête de s'agiter.

— On ne va pas partir maintenant. Il faut que tu te reposes. Donc là, tu te prends un cacheton de Silencio pour pioncer et on avise demain, OK ?

— Ouais… ouais, OK.

Millie dépose un baiser sur les lèvres de son amant.

— Je ne sais pas ce que je ferais sans toi.

— La question ne se pose pas. Je serai toujours avec toi.

aris d t
e re. Po ant, le ces de
so tion fu t déjà là. ons
d ue aff it à petit. P s dis ts,
m nomb qu'à utum es matinées
d m me . D e di s
par c ouceur iée.
Mai te ude,
tout ative
es le,
se us er
p s ap di uyantes
et emen s. Cell la frénésie
d ommation de ent le passe-te éféré
d us. que l'o magine core possib . cheter,
cquérir, voir. Voil rend heureux. Do mage que ça ne
dure
qu'un temps. reusement, ces envies qu on
no fait passer pour
es besoins so t
sans cesse ren-
ouvelées.

Le Silencio s'estompe et le sommeil s'enfuit. Sur la table de nuit, un portable vibre. Gabriel l'attrape. La lumière de l'écran achève de le réveiller. Salvény ? Il se lève en silence et quitte la chambre.

— Allô ? dit-il d'une voix rauque.

— Il faut que vous veniez. Tout de suite.

Stressée ? Excitée ? Natsé n'arrive pas à savoir.

— Joseph de Rastin nous a communiqué des informations ultra-sensibles. On a besoin de votre expertise pour les décoder.

— Heu... Très bien, bredouille Gabriel. Jack est avec vous ?

À travers le combiné, il entend quelqu'un sonner chez Andréa.

— Justement, le voilà. Dépêchez-vous, Gabriel ! On vous attend.

— Je serai là dans une demi-heure.

— Parfait. Ah, Gabriel ?

— Oui ?

— Veillez à ce que personne ne vous suive.

Andréa raccroche. Qu'est-ce que Rastin leur a filé ? Natsé doit le savoir. Après elle arrêtera, mais là elle est trop proche du but pour renoncer. Gabriel retourne dans la chambre chercher ses vêtements. Toujours endormie, Millie est plus belle que jamais. Son visage, partagé entre ombre et lumière, et ses formes, que l'on devine sous le drap, évoquent un tableau de maître. Une œuvre irréelle et sublime, que le plus grand des faussaires serait bien en peine d'imiter. Natsé force le regard de Gabriel à se détourner de son amante et sort dans la nuit.

24

Neuilly-sur-Seine, rue Charles-Lafitte, 3 heures

À son entrée dans Neuilly, Gabriel est contrôlé par des agents d'Amilice, une entreprise privée payée par les habitants pour lutter contre l'insécurité, une pratique devenue monnaie courante dans les villes les plus aisées. Bien sûr, les rares personnes ne souhaitant pas cotiser ne sont pas protégées par les miliciens qui ont peu à peu remplacé les forces de l'ordre. Il arrive même que des demeures, bien que voisines de celles surveillées par Amilice, soient la cible de casses extrêmement violents, sans qu'aucun coupable soit jamais interpellé.
Par la fenêtre de sa voiture, Gabriel épelle l'adresse d'Andréa à un soldat à peine majeur qui l'entre dans son logiciel. Pendant ce temps, deux autres agents relèvent sa plaque.

... alors que le dernier tour de la présidentielle se déroule demain en France, au Gabon elle ne fait que commencer. Et pourtant, déjà, elle s'avère pleine de surprises. En effet, aujourd'hui, Matsuho Weï, PDG de la multinationale chinoise Zïyuàn, vient d'annoncer sa candidature face à un Ali Bongo vieillissant. Implantée depuis le début des années 2000 du Gabon au Kenya en passant par le Mozambique, l'entreprise embauche près de 5 % de la population africaine, faisant d'elle le premier pourvoyeur d'emplois du continent. Un argument de taille que le concurrent du président actuel n'oubliera pas de mettre en avant lors de ces élections. C'est en 2024 que Matsuho Weï a obtenu la double nationalité sino-gabonaise, accordée par le président Bongo lui-même en guise d'union symbolique entre ces deux pays.

– Encore quelqu'un pour la radine qui ne veut pas banquer, dit le premier à ses collègues. Allez-y.
Gabriel poursuit sa route, arrive devant chez Andréa et coupe le moteur.

Mais, à l'époque, le président Bongo était loin de se douter que cette preuve d'amitié entre les deux nations le conduirait à cet affrontement politique, plus que risqué, qui pourrait faire basculer le régime, en place depuis 28 ans...

Le portail en fer forgé censé protéger la vaste maison est ouvert. Après avoir sonné trois fois sans obtenir de réponse, Gabriel remonte l'allée sillonnant un jardin laissé à l'abandon. Une pensée traverse Natsé : si Andréa et Jack ont déjà craqué la Sauvegarde, ils sont peut-être au courant pour elle, pour sa mission, pour le double jeu qu'elle mène depuis deux ans. Et si c'était un piège ? S'ils l'avaient convoqué pour l'éliminer ? Non. Ils s'y seraient pris différemment. Ils ne lui auraient pas demandé de venir chez Andréa. Trop risqué, trop de preuves. Malgré ses efforts pour se raisonner, le doute subsiste. Mais sa curiosité l'emporte sur sa peur. Gabriel arrive devant la porte entrouverte et la pousse du bout des doigts.

— Andréa ?

Sa voix se propage dans le vestibule. Aucune décoration, aucun tapis, aucun meuble. Excepté quelques paires de chaussures, l'entrée est déserte.

— Andréa ? Jack ? insiste Gabriel en s'avançant.

Il passe devant le salon et la salle à manger situés sur sa gauche. L'endroit est presque vide. Seules une table et deux chaises sont installées au milieu de cette pièce capable d'accueillir une trentaine de convives. Dans un coin, une pile de livres posée en vrac, à même le sol.

— Où est-ce qu'ils sont, putain ?

En face, une cuisine spacieuse, aussi impersonnelle que toute équipée, s'ouvre sur un jardin d'hiver. Un peu plus loin, un escalier donne accès aux étages. N'osant pas jouer davantage les curieux, Gabriel attrape son portable et compose le numéro de Jack.

— *Jack Evans. Laissez-moi un message je vous rappellerai dès que possible.*

— Bordel.

Gabriel raccroche. Natsé réfléchit une seconde. Quelque chose ne va pas. Millie avait raison, un truc leur échappe. Machinalement, alors que Natsé s'est interdit de le faire, Gabriel s'adresse à l'intelligence artificielle qu'elle a façonnée.

— Sia ?

Comme si l'assistant était aux aguets depuis deux ans, à attendre qu'on le sollicite, il émet son *bip* caractéristique.

— Localise le cellulaire de Jack Evans.

Gabriel aurait pu le faire via son smartphone, mais la manip' est longue, plus solitaire aussi. Natsé a besoin d'une présence pour la rassurer, d'une connexion avec sa vie d'avant. Et puis, même si elle ne se l'avoue pas encore complètement, l'envie de se libérer des injonctions des Administrateurs devient de plus en plus forte.

— Opération en cours.

Natsé éprouve un réel plaisir à entendre cette voix synthétique.

— Signal introuvable. Cellulaire désactivé, situé en zone blanche ou protégée.

— Et celui d'Andréa Salvény ? demande Gabriel.

— Cellulaire localisé. Situé aux mêmes coordonnées que le vôtre.

Gabriel lève les yeux vers le plafond. Andréa serait là-haut ? Méfiant, il emprunte les escaliers menant à l'étage. Les marches craquent sous son poids, une odeur métallique envahit l'espace.

— Andréa ? appelle-t-il en continuant de monter.

Sur le premier palier, le couloir filant sur sa gauche conduit vers une enfilade de pièces.

— Il y a quelqu'un ?

L'absence de réponse pousse Gabriel à avancer. Il dépasse la salle de bains, puis une chambre aux poutres apparentes. Tout est si vide que Natsé se demande si cet endroit est réellement habité. L'idée de s'être fait piéger la frappe de nouveau. Mais le portable de Salvény est bien ici. À moins que ça fasse partie du leurre ? Tant pis. Elle doit savoir. Peu importe les manipulations, peu importe l'issue, il est temps que tout ça prenne fin. Gabriel s'approche de la dernière porte. Il risque un œil par l'ouverture et voit un bras, étendu sur le sol. La peur s'instille, tenaille ses viscères. Fébrile, il franchit le seuil. Andréa est là, par terre, baignant dans une flaque vermeille.

— Oh putain.

Gabriel se précipite vers elle et s'agenouille à ses côtés. Son pantalon s'imbibe, devient écarlate.

— Andréa ? Andréa, vous m'entendez ?

Elle ouvre des yeux déjà voilés par la mort. Son regard met du temps à trouver le visage de Gabriel. Natsé veut la rassurer, la prendre dans ses bras, lui dire que ça va aller. Gabriel se contente de lui tenir la main, de remarquer à quel point sa peau est fragile, délicate. Le souvenir de Millie s'impose et il étouffe un sanglot.

— Jack..., articule Andréa dans un râle.

— Quoi, Jack ? C'est Jack qui vous a fait ça ?

Andréa sourit, elle rigole presque. Natsé se fait la réflexion qu'elle ne l'a jamais vue si détendue. Sous ses vêtements, le sang se répand de plus en plus, l'enveloppant tel un drap mortuaire.

— Non... Bien sûr que non... Jack... il est où ?

Elle tousse et un filet rougeâtre dégouline sur son menton.

— Je... Je ne sais pas, balbutie Gabriel. Tout à l'heure, au téléphone, vous m'avez dit qu'il arrivait ici.

Andréa ferme les yeux.

— Je me suis trompée. Erreur de débutante.

Elle frissonne. Une quinte de toux plus violente que la première secoue son corps, l'épuise un peu plus.

— Andréa, je vais appeler les secours, d'accord ?

Une pression infime s'exerce sur la main de Gabriel.

— Non... C'est trop tard. Rastin. Contacte Rastin.

— Pour quoi faire ?

— Pour les sauver... Pour sauver nos souvenirs. Y a rien de plus important que nos souvenirs...

Ses forces l'abandonnent, ses doigts se relâchent. Gabriel refuse de laisser la main d'Andréa sur le sol visqueux. Il la dépose délicatement sur sa poitrine qui cessera bientôt de se soulever.

— Jack... Tu diras à Jack que... Que je ne lui en ai jamais voulu, d'accord... ?

— D'accord, dit Gabriel sans chercher à comprendre.

Comme si cette promesse l'avait libérée, Andréa s'en

va, le visage en paix. Gabriel la regarde, la trouve belle. Natsé la découvre pour la première fois. Ses traits raffinés, ses lèvres qui remontent aux extrémités, cette fossette si marquée entre sa bouche et son nez... Puis la réalité se rappelle à elle. Violente et crue. Sale et poisseuse. Des tremblements la secouent. *Elle est morte bordel.* Suivis de bouffées de chaleur. *C'est les Admins qui ont fait ça ?* Gabriel se traîne sur le sol. *Ils sont capables de ça ?* Son dos bute contre un mur. *Quelle bande d'ordures !* Il est acculé. *Comment ils ont su que je n'allais pas le faire ?* Sa vision se trouble. *Millie ! Ils savent pour Millie.* Sa tête s'enflamme. *Il faut que je me calme.* Des picotements la parcourent. *Le silence est l'âme des choses qui veulent garder leur secret.* Son cœur s'emballe. *Il s'en va quand le jour paraît, et revient dans les couchants roses.* Il a la gerbe. *Il guérit des longues névroses, de la rancune et du regret.* Il expire, expulse. *Le silence est l'âme des choses qui veulent garder leur secret.* Elle veut serrer ses poings. Ils ne lui obéissent plus. *À tous les parterres de roses, il préfère un coin de forêt.* Le son se déforme, se tord, se distord. *Où la lune au rayon discret frémit dans les arbres moroses : le silence est l'âme des choses.* Le son ? Mais quel son ?

Natsé émerge. Gabriel rouvre les yeux. Un portable vibre. Pas le sien, un autre. Celui d'Andréa. Natsé remarque alors le bureau installé dans un coin de la pièce. Le bruit vient de là. Gabriel se lève et l'attrape. C'est Jack. Gabriel décroche, le vrombissement d'un moteur sature l'écouteur du téléphone.

— Andréa ? Andréa, c'est moi, c'est Jack ! Je suis sur la route, j'arrive chez toi dans trente minutes. En attendant, tu n'ouvres à personne, c'est compris ? On s'est fait avoir, Andréa. Depuis le début, on s'est fait avoir !

Gabriel a du mal à tenir le téléphone.

— Andréa ? Andréa, t'as compris ? C'est la merde !

— Jack, c'est moi. C'est Gabriel.

Incapable d'articuler, paralysé par la voix qu'il vient d'entendre, Jack ne répond pas tout de suite.

— Pourquoi c'est toi qui décroches ? finit-il par demander, glacial.

Natsé ne sait pas quoi dire.

— Où est Andréa ? Passe-moi Andréa !

— Elle... Elle est...

— Dis-moi où elle est !

— Elle est morte, Jack.

N'osant affronter ce silence, Gabriel poursuit.

— Elle m'a appelé tout à l'heure. Quand je suis arrivé, elle était par terre. Blessée par balle au ventre et à la poitrine. Je... Je suis arrivé trop tard, j'ai voulu l'aider, mais elle est morte. Elle... Elle n'a pas eu le temps de me dire qui lui avait fait ça.

— Espèce d'enfoiré, murmure Jack.

— Je te promets qu'on va tout faire pour choper celui qui a fait ça.

— Je parle de toi, répond Jack la voix tremblante. Je sais pour qui tu bosses.

Voile noir, vertiges et larsens. Gabriel pose sa main libre sur le bureau pour ne pas s'écrouler.

— Qu'est-ce que tu racontes ?

— Arrête de te foutre de ma gueule, hurle Jack. ARRÊÊÊTE ! Elle te faisait confiance, putain ! Elle te faisait confiance et tu l'as tuée !

— Jack, je t'assure que c'est pas moi.

— Gabriel Breton, tu parles... Tu t'es bien foutu de notre gueule pendant tout ce temps. Comment ces chiens s'amusent à t'appeler déjà ?

— Jack, je comprends rien. Faut qu'on se voie, faut qu'on discute.

— Natsé, appuie-t-il comme si ce nom désignait la chose la plus répugnante au monde. C'est bien ça ?

Entendre son ancienne vie surgir dans la bouche de Jack lui donne l'impression de se prendre un uppercut dans le bide.

— Tu te souviens de Benoît Vidal ? L'agent de la DGSI chargé d'interroger le type du Grand Effondrement que t'as défoncé ? J'étais au téléphone avec lui là. Un gars de leur service a réussi à infiltrer l'un des serveurs de la Sauvegarde.

— Quoi ? Mais c'est impossible, s'énerve Gabriel.

— En faisant ça, il a eu accès à certaines infos qu'il m'a partagées. Des infos concernant une mission qui a démarré il y a deux ans environ et qui vise Andréa et son équipe. L'opération Janus, ça te dit quelque chose ?

— Les salauds..., murmure Gabriel en comprenant la situation. Jack, écoute-moi ! Si les renseignements sur Janus sont sortis, c'est que les Admins voulaient que ça fuite ! Ils font ça pour me piéger, pour me mettre hors circuit ! Ils ont capté que j'allais les lâcher.

— Qu'est-ce que ça peut me foutre ?! À l'heure qu'il est, la DGSI ne devrait plus tarder à arriver chez Andréa. Ils devraient se rendre chez toi ensuite, puis au domicile de mademoiselle Lacroix.

Millie ! Natsé doit la prévenir. À l'autre bout du

fil, Gabriel entend la voiture de Jack freiner, avant de s'arrêter.

— Je sais pour vous deux, Gabriel. Je sais qu'elle faisait partie du plan. Qu'elle nous a infiltrés, comme tu nous as infiltrés. Tu me diras, c'est plutôt malin de prendre une actrice pour jouer la comédie, dit Jack en lâchant un rire amer.

— Millie n'y est pour rien. Je t'assure.

Trois portières s'ouvrent pour se refermer aussitôt.

— Ah oui, elle n'y est pour rien ? demande-t-il d'un ton sarcastique. Bon, tant mieux alors. Parce que je ne comptais pas laisser la DGSI l'embarquer.

Toxique et douloureuse, la peur frappe de plus belle.

— Jack... T'es où là ? Jack, je te jure que je peux tout t'expliquer, fais pas n'importe quoi.

Gabriel entend la porte d'un immeuble s'ouvrir. Des bruits de pas résonnent dans une cage d'escalier.

— Eh bien, c'est cosy ici ! Je suis sûr qu'Andréa se serait plu dans un endroit comme celui-là. Plutôt que dans cette prison dorée où tu l'as tuée.

— T'es où ? gueule Gabriel.

— Tu sais très bien où je suis. Avec deux types de l'Ordre on va rendre visite à Millie. J'espère qu'on ne va pas la réveiller.

Quelqu'un tambourine contre une porte.

— Arrête, Jack ! S'il te plaît, implore Gabriel. Je te donnerai tout ce que tu veux, toutes les infos, tout ce que je sais sur les Admins, mais ne la touche pas. Je t'en supplie, ne lui fais pas de mal. On s'est tous fait avoir !

— Avoir ? Va dire à Andréa qu'elle s'est fait « avoir ». Elle est morte ! Morte, tu m'entends ?

Les coups s'arrêtent. Le bois du chambranle craque sous l'effet du pied de biche.

— Et ça va pas être la seule, reprend Jack.

— Attends ! Attends putain, je vais tout t'expliquer !

La porte explose. Les hommes entrent dans l'appartement. Gabriel entend la voix de Millie encore endormie.

— Jack, qu'est-ce qui se passe ? C'est qui eux ? Hey ! Mais qu'est-ce que vous foutez ? Mais lâchez-moi ! Lâchez-moi !

Elle crie, se débat, appelle à l'aide. Gabriel hurle son prénom comme on hurlerait de douleur.

Jack raccroche.

25

Paris, 6e arrondissement, 4 heures

Sur les quais de Seine, la voiture file à toute vitesse, cramant les feux rouges, ne se préoccupant pas des priorités. Natsé n'est pas sûre de savoir où elle va. Trop choquée pour réfléchir, elle se laisse guider par la décharge d'adrénaline qui électrise le corps de Gabriel. Dans l'habitacle, une sonnerie retentit pour la dixième fois consécutive. Natsé n'en attend rien, elle la fait plus tourner pour avoir une présence que pour avoir quelqu'un. Ça lui donne l'illusion que l'espoir est encore permis, alors qu'autour d'elle tout se ternit. Du coup, quand Joseph de Rastin décroche, elle ne réagit pas tout de suite.

— Allô ? Qui est au téléphone ?

Par où commencer ?

— Monsieur de Rastin... Ils... Ils l'ont tuée.

— Quoi ? Mais de quoi vous me parlez ?

— Andréa Salvény ! Elle... Elle est morte.

— Bon écoutez, je ne sais pas qui vous êtes, ni comment vous avez eu ce numéro, mais je ne suis pas d'humeur pour ce genre de canulars sordides. Au revoir.

— Attendez !

Gabriel avait crié.

— Je travaille pour le BlackNet.

Rastin ne répond pas, ne raccroche pas non plus. Natsé tente le tout pour le tout.

— Enfin, je travaillais pour le BlackNet. Depuis deux ans, ils m'ont confié une mission. J'ai usurpé l'identité d'un ex-agent de la DGSI pour infiltrer l'équipe d'Andréa Salvény et vous empêcher de craquer la Sauvegarde.

— Monsieur Breton, dit Rastin pour lui-même. Andréa m'a parlé de vous.

— C'est ça. Grâce à sa technologie, le BlackNet a effacé les souvenirs de Breton pour transplanter les miens à la place. Dans son corps.

Gabriel étouffe un nouveau sanglot en se rendant compte de l'horreur de la situation.

— Mon Dieu... Mais qui êtes-vous ?

— J'officie pour le BlackNet depuis plus de dix ans et j'opérais sous le pseudonyme de Natsé. Hier soir, les Administrateurs m'ont ordonné d'éliminer Andréa Salvény avant qu'elle ne tienne sa conférence de presse. Mais j'ai pas pu le faire. Dans la nuit, Andréa m'a appelé pour me demander de la rejoindre chez elle. Quand je suis arrivé, c'était trop tard. Juste avant de mourir dans mes bras, elle m'a dit de vous contacter. Elle m'a dit que vous pourriez m'aider.

Rastin se mure dans un silence absolu.

— J'ai besoin de vous, Joseph. Vraiment.

— Bien, concède-t-il. Je vais tout vous raconter.

26

Paris, 4e arrondissement, quelques minutes plus tard

Gabriel monte les marches à l'affût du moindre bruit. L'escalier du vieil immeuble craque sous ses pas comme un avertissement pour le pousser à rebrousser chemin. Il consulte une fois de plus la base de données de l'Ordre et vérifie l'étage de l'appartement qu'il cherche à atteindre. Il s'arrête juste en dessous.

— Sia...

Bip.

— Connecte-toi au Wifi de Jack Evans.

— Connexion en cours... Connexion effectuée.

— D'autres appareils sont en activité sur le réseau ?

— Négatif.

— Utilisation d'un portable en cours ?

— Négatif.

Gabriel gravit les dernières marches et sort un trousseau de sa poche. Il en détache une clé de tension et un outil à l'extrémité courbée que Natsé emporte partout avec elle. Comme un grigri. Elle n'a pas crocheté une serrure depuis qu'elle était gamine et doit faire un effort considérable pour se rappeler les consignes de son père. Quand il voulait lui inculquer son savoir-faire, quand il s'imaginait qu'elle pourrait prendre sa relève, quand il riait en voyant les yeux de sa fille briller devant sa dextérité. Gabriel insère la clé dans le barillet, y applique une légère pression et chatouille les goupilles. Les cliquetis déverrouillent ses souvenirs. Et la serrure avec.

— Sia, allume la lampe de mon portable. Intensité minimale.

L'IA s'exécute et Gabriel découvre un salon au mobilier moderne et épuré. Devant une bibliothèque en bois sombre, un siège design est séparé d'un canapé blanc par une table en verre. Gabriel s'avance et remarque un couloir sur sa gauche. Au fond, une lumière rougeâtre filtre sous le pas de la porte. Plus il s'en approche, plus des ronflements se font entendre. Des ronflements que Natsé reconnaît. Gabriel entre dans une vaste pièce aux volets clos. Au centre, un Back est branché à une série d'écrans.

— C'est quoi ce bordel ? murmure-t-il.

Il se dirige vers le bureau et remarque un pochon rempli de Silencio.

— Rastin disait donc vrai.

La session est restée ouverte, Gabriel affiche l'historique des sauvegardes. Jack se connecte au Back quasi tous les jours. Pas une seconde, Natsé ne s'est doutée du jeu que lui et Andréa menaient. Maintenant, elle a peur qu'il soit trop tard. Gabriel ôte ses vêtements. En plongeant dans la mémoire de Jack, elle apprendra peut-être où il a emmené Millie. Il s'installe dans le Back.

— Sia... Connexion à la Sauvegarde.

Une tonalité grave prévient Gabriel :

— Vous vous apprêtez à vous connecter à une Sauvegarde étrangère. Opération déconseillée. Risque majeur de détérioration de votre système neuronal. Connexion confirmée ?

— Connexion confirmée. Lancement de l'exploration.

Les ronflements s'intensifient tandis que Sia entame le décompte.

— Lancement de l'exploration dans 3... 2...

Gabriel met le détendeur dans sa bouche et plonge dans le Back.

— 1...

Le courant le brûle à mesure que les souvenirs de Jack affluent. Par dizaines, par centaines. Natsé tente de faire le tri. Il y a trop d'infos. Des odeurs, des sons, des émotions, tout est confus, tout est différent. Elle se concentre, tente de se focaliser sur un fragment d'existence. Mais la résurgence disparaît sous l'avalanche de sens. La douleur est impitoyable. Chaque parcelle de son corps, de son esprit, est sous tension, écartelée par une vie qui n'est pas la sienne. Les remords de Gabriel viennent se mêler aux regrets de Jack. La tristesse de l'un joue avec les peurs de l'autre. Nostalgie, amertume, angoisses... Dans ce déferlement, Natsé capte un fragment de Millie. Elle s'y accroche et remonte le fil de l'histoire.

Je me sens bien, reposé. Reposé comme je ne l'ai pas été depuis longtemps. Reposé comme lorsque j'étais enfant, capable de dormir des heures durant, sans que mon sommeil soit perturbé par ces questions sans réponse. Andréa est devant moi. Elle ne comprend pas. Pourquoi tu fais ça ? Mais parce que c'est trop bien. Parce que grâce à ça je n'entends plus rien, je suis seul avec moi-même. Dans un calme absolu. Dans un palais mental où je maîtrise chacune de mes pensées, où je les protège du monde extérieur et de ses sollicitations. Elle ne comprend pas. Elle dit que je m'abîme, que ce n'est pas la solution, que je recule pour mieux sauter. Je lui réponds qu'elle devrait essayer. Juste une fois.

Elle est allongée à côté de moi. Si proche que ses mèches blondes serpentent sur mon épaule. Moi je n'ai rien pris. C'était sa condition. Au cas où elle réagirait mal. Personne ne réagit mal à une dose de silence. Elle retrouve ses esprits, penche la tête vers moi. Je lis l'extase dans ses yeux. À quel point ce calme, le plus pur qui soit, a chassé le stress et l'anxiété d'une vie passée à viser l'excellence. Elle me remercie et se blottit contre elle-même.

Je suis chez elle, elle est inquiète. Les pertes de mémoire sont de plus en plus fréquentes. Je la rassure. Mon meilleur ami Lucas l'utilise depuis des semaines, tout fonctionne. Pour la dixième fois, elle me redemande comment ça marche. La culpabilité m'empêche de m'agacer. Derrière mon air confiant, je n'en mène pas large. C'est une plateforme. Rien qu'une plateforme. Une plateforme où stocker nos souvenirs, nos impressions, nos sentiments, nos rêves même. Elle ne doit pas s'en faire. On est ensemble. C'est le plus important.

Elle est en pleurs. Tétanisée par la peur. Elle a du mal à parler, elle hoquette, elle sanglote. La carapace qu'elle s'est forgée pour débuter sa carrière politique vole en éclats. Je me prends les débris en pleine gueule. Je ne peux rien faire, je ne peux rien dire. Impuissant, je la regarde s'effondrer. Quelle bande de salauds, ils veulent la faire chanter. Effacer ses souvenirs si elle ne leur obéit pas. Supprimer sa vie. D'une simple pression sur une touche de clavier. Je la serre contre moi. Elle tombe. Je m'écroule avec elle.

Elle me prévient que si je l'accompagne les Administrateurs me réserveront le même sort. C'est la moindre des choses. Si nous en sommes là, c'est à cause de moi. Je mérite tout ça. Je donnerais ma vie pour revenir en arrière, pour la protéger, pour prendre sa place. C'est impossible. Alors je plonge avec elle dans cet avenir déchu, dans cet enfer dont nous sommes les détenus.

Je suis dans son bureau. Elle ne me regarde pas. Elle m'évite. Elle sait que je vais essayer de la convaincre. Je lui explique que ce n'est pas le seul à pouvoir nous aider. Qu'on n'en connaît pas suffisamment sur ce Gabriel Breton. Nos enquêtes montrent que c'est quelqu'un d'instable, que son comportement a changé depuis quelques années. Elle ne veut rien entendre. Elle est désespérée, elle ne veut plus attendre. Ça fait deux ans que tout ça a commencé, ça doit s'arrêter. J'ai envie de lui dire que je la comprends, que je sais ce qu'elle ressent. Mais ce serait mentir. C'est elle sur le devant de la scène, obéissant à des inconnus qui tirent les ficelles. Alors je me tais. Je me tais et je la soutiens.

On est dans sa prison. Le nom qu'elle donne à la maison que les Administrateurs lui ont attribuée. Andréa s'est juré de toujours la détester, de ne jamais s'y sentir chez elle. Un moyen de se rappeler qui elle est vraiment. De se souvenir que tout ça, c'est faux, ce n'est pas elle. Ce soir, elle boit. Plus qu'à l'accoutumée. Je ne vais pas la mettre en garde contre l'addiction. Elle ne supporterait pas l'ironie. Elle pleure. Quand elle pleure, je pleure aussi. Elle n'en peut plus. Elle est désolée de ne pas être assez forte, mais elle ne va pas tenir. On y est presque. Dans quelques jours, elle sera élue, elle sera présidente, elle aura plus de liberté. Ce n'est pas vrai. Elle hoquette. Jamais ils ne la laisseront tranquille. Et elle, elle ne veut plus être tenue en laisse. Alors elle prend une décision. Elle va tenter de convaincre Rastin. Elle se persuade qu'on arrivera à récupérer nos souvenirs, avec l'aide de Breton. Et puis, quoi qu'il se passe, elle va tout balancer. En direct sur les chaînes de Logoé, elle va faire éclater la vérité. Les gens la prendront pour une folle, les Admins vont se venger, mais ce n'est pas grave. Elle préfère mourir libre que vivre enchaînée.

Une goutte de sang dégouline du nez de Gabriel. Natsé a l'impression que sa tête va exploser. Elle veut sortir du Back, mais est trop faible. Les images s'incrustent encore, la parasitent de l'intérieur. Lorsque Gabriel ferme les yeux, elle revoit les traits d'Andréa, elle ressent le désespoir de Jack, elle comprend à quel point Salvény et elle ont un parcours commun. Après quelques secondes, les visions s'estompent, comme un mauvais rêve qui cède sa place au réel. Sur les joues de Gabriel, les larmes restent, traçant leurs sillons brûlants. Il se lève, ressent des vertiges, des flashs, mais se rhabille.

— Système neuronal endommagé, indique Sia. Veuillez consulter un médecin de toute urgence.

— Calcule l'itinéraire jusqu'au siège de Logoé, dit-il dans un souffle. Et rappelle Rastin.

Natsé sait où se trouve Millie, et elle a besoin d'aide.

27

Paris, 15e arrondissement, siège du groupe Logoé Média, 5 heures

Gabriel coupe le moteur. Face à lui, plusieurs étages de la tour qui surplombe l'arrondissement sont éclairés. Au sommet, le logo du groupe de presse illumine le ciel, comme un affront au phare de la tour Eiffel.

— Sia, connexion au système de sécurité de Logoé Média.

En temps normal, cette opération aurait demandé des heures de piratage. Mais en tentant de comprendre comment son matériel s'est retrouvé HS durant le meeting de Salvény au Zénith, Natsé a découvert une chose intéressante. Sur place pour retransmettre l'événement, les équipes de Logoé ont signalé des interférences causées par des appareils externes. Les ingénieurs de Rastin se sont penchés sur la question et ont repéré le dispositif de Gabriel. Ignorant sa présence, ils ont tout de suite pensé que le BlackNet voulait recommencer à hacker leur diffusion comme au soir du premier tour. Du coup, ils ont multiplié les attaques pour les mettre hors circuit, ce qu'ils ont parfaitement réussi. Gabriel s'est retrouvé en aveugle dans son camion. En analysant leurs process,

Natsé a découvert une faille dans leur protocole de sécurité. Faille que Sia est en train d'exploiter pour y injecter un code qu'elle a élaboré.

— Connexion effectuée.

— Combien de personnes dans le bâtiment ?

— Cinq.

— Identifiables ?

— Oui. Jack Evans, Millie Lacroix...

— Transfère-moi ce que tu captes de la pièce où se trouve Millie.

Des sons, d'abord lointains, se précisent petit à petit dans l'oreille de Gabriel.

— Assieds-toi là et ferme ta gueule !

— Jack, t'es en train de péter un câble, dit Millie, tentant de le raisonner.

Natsé est soulagée d'entendre sa voix.

— C'est moi qui pète un câble ? hurle Jack. C'est vous qui butez Andréa et c'est moi qui pète un câble ? Vous êtes vraiment qu'une belle bande d'ordures. Mais aujourd'hui tout le monde va savoir ce que vous avez fait. Et c'est toi qui vas leur annoncer ! En direct sur toutes les chaînes du groupe.

— Sia, ils sont à quel étage ?

La transmission se coupe.

— Au vingt-sixième, indique l'IA.

— OK. Qui sont les trois autres dans la tour ?

— Harold Saada, Damien Vrieux et Clément Gandun.

— Développe.

— D'après le réseau interne de Logoé, Harold Saada est responsable de la sécurité du bâtiment. D'après la base de données de l'Ordre Français, Damien Vrieux et Clément Gandun sont deux militants du parti.

— Super, maugrée Gabriel. Ils sont où ?

— Tous trois sont situés au rez-de-chaussée.

— Forcément... Y a d'autres entrées ?

Sia scanne l'immeuble.

— Les points d'accès secondaires sont munis d'un double verrouillage, électronique et manuel.

— Tu pourrais désactiver le premier et je m'occupe du second ?

— Affirmatif. Toutefois il est nécessaire de prendre en compte l'alarme reliée à chacun de ces accès. Une ouverture forcée serait susceptible de la déclencher.

— Et de faire paniquer Jack, achève Gabriel.

Natsé se creuse la tête. Comment faire pour que les deux débiles de l'Ordre ne la repèrent pas ? Evans a dû leur ordonner de tirer sur Gabriel dès qu'il se pointerait, et les deux militants ne manqueront pas d'obéir. En imaginant le regard vide qui caractérise une majeure partie de la garde rapprochée de l'OF, une idée émerge dans l'esprit de Natsé.

— Sia, les numéros des deux mecs de l'Ordre sont dans la base de données ?

— Oui.

— Parfait ! Lance l'appli DFV en calquant sur Jack Evans.

— Deep Fake Voices lancée. Analyse en cours.

Le logiciel est capable d'imiter la voix de n'importe qui s'il trouve suffisamment d'enregistrements de la personne ciblée. Jack s'est exprimé publiquement à plusieurs reprises au cours de la campagne, Natsé espère que ce sera suffisant.

— Schéma vocal complété à 75 %.

Elle s'attendait à mieux.

— Tant pis, on tente le coup. Applique le filtre et appelle Damien Vrieux en masqué.

Dans la tour, deux types aux crânes rasés discutent devant le comptoir de l'accueil. Derrière, un homme, la cinquantaine environ, est ligoté à une chaise, un bâillon sur la bouche.

— Bon, mais qu'est-ce qu'il fout Evans ? s'impatiente Gandun.

— Ah bah, moi, j'ai une petite idée, s'esclaffe son acolyte d'un rire gras. Si tu me laisses avec une gonzesse pareille, je prends mon temps pour lui faire une visite complète des bureaux, si tu vois ce que je veux dire.

L'autre rigole, ne voyant pas ce qu'il veut dire. Son collègue s'apprête à surenchérir, mais la sonnerie de son portable l'en empêche. Vrieux fixe l'écran d'un air ahuri.

— Bah, décroche.

— J'sais pas qui c'est.

— Bah décroche, tu verras bien.

— J'vais pas décrocher si j'sais pas qui c'est !

— Mais si tu décroches, tu sauras qui c'est comme ça !

Convaincu par ce raisonnement implacable, Vrieux suit les conseils de son acolyte.

— Allô, c'est qui ? demande-t-il agressif.

— C'est Evans, répond Gabriel en imitant le ton glacial de Jack.

— Ah... Euh... M'sieur Evans. Pourquoi vous m'appelez en masqué ?

— Vous êtes toujours avec Gandun ?

Vrieux jette un œil à son compère, comme pour s'assurer qu'il est encore là.

— Oui, oui... On est ensemble. Vous avez besoin d'un coup de main ? Vous avez une voix bizarre.

— Le chef de la sécu se tient à carreau ? élude Gabriel en essayant d'être aussi désagréable que possible.

— Ah oui, oui ! Il ne moufte pas le petit bamboula. Depuis qu'on est...

— Taisez-vous !

L'ordre a jailli tout seul, sans que Natsé cherche à le retenir.

— Pardon, m'sieur Evans.

— Le gardien, vous le mettez K.-O. C'est compris ?

— Euh... OK, d'accord.

— Mais attention, vous ne le tuez pas ! Notre parti n'a pas besoin d'un meurtre en plus sur les bras. Ensuite, vous quittez le bâtiment.

— Vous êtes sûr ? balbutie le militant. C'est que... c'est pas vraiment le plan qu'on avait...

— Ne m'obligez pas à descendre Vrieux. Vraiment, ne m'y obligez pas.

— Pardon, m'sieur Evans.

— Bien. Donc, vous sortez en laissant ouvert derrière vous et vous faites le tour de l'immeuble. Je vous rejoins de l'autre côté. C'est clair ?

— Oui, m'sieur Evans. Très clair.

— Bien. Ne traînez pas, Vrieux.

Gabriel raccroche, un sourire aux lèvres. Une minute plus tard, il voit deux types en jean et veste de sport quitter la tour. Ils passent à cent mètres de sa voiture, sans le remarquer, l'air contrarié.

— J'en sais rien pourquoi il nous demande de faire ça, moi. C'est qu'un connard de toute façon. Il perd rien pour attendre. Et puis, ce serait pas arrivé si j'avais pas décroché.

— Ils sont vraiment trop cons, murmure Gabriel.

Dès que les deux hommes disparaissent derrière le bâtiment, Gabriel bondit de sa caisse pour entrer dans l'immeuble. Il fait le tour de l'accueil et vérifie le pouls du gardien. Il aura un sacré mal de crâne, mais il est vivant. Gabriel lui arrache son badge avant de se relever.

— Jack et Millie sont toujours au vingt-sixième ?

— Affirmatif, répond Sia. Au niveau du plateau numéro quatre.

Natsé hésite à prendre l'ascenseur, c'est trop risqué, Jack pourrait la repérer. Tant pis, ce sera les escaliers. Gabriel pose la clé magnétique sur le capteur et se retrouve face à la série de marches qu'il doit gravir.

— Allez, comme au siège de l'Ordre, dit-il pour se donner du courage.

Gabriel grimpe aussi vite qu'il peut, ses pas résonnent entre les cloisons recouvertes de crépi blanc. Au fur et à mesure qu'il franchit les étages, sa respiration s'accélère, ses mains deviennent moites. Passé le treizième, il commence à ralentir. Il est en sueur, ses jambes pèsent une tonne, une boule lui noue l'estomac. Il s'arrête, plié en deux, haletant, la gorge en feu. Son pouls lui martèle les tempes, sa tête va exploser. À cela s'ajoutent les souvenirs de Jack, revenant par vagues brutales et imprévisibles. Écorchant un peu plus la mémoire de Natsé, esquintant son passé qu'elle sent lui échapper. La vision de Gabriel se brouille, les larmes coulent. Penser à Millie, il faut penser à Millie. Millie prise au piège d'un homme aveuglé par la haine. Millie la femme qu'elle aime. Millie qui a tout sacrifié pour l'aider. Il faut continuer. C'est à cause d'elle que Millie est là-haut, prisonnière de la colère. Gabriel poursuit sa course à petites foulées. Respirer le brûle, avancer est une torture. Plus que jamais, Natsé s'efforce de dissocier son esprit du corps volé. En transe, trempé et tremblant, Gabriel atteint le vingt-sixième étage de la tour Logoé.

Un couloir parsemé de plantes vertes mène à un open space occupé par une vingtaine de bureaux. Il n'y a pas un bruit. Sur la gauche, de larges baies vitrées offrent une vue imprenable sur un Paris qui s'éveille. Un panneau indique le numéro du studio où Millie est retenue. Natsé retrouve espoir, elle va y arriver. Gabriel longe la cloison, s'y appuyant d'une main pour rester debout. Il se glisse par la porte battante installée derrière le décor du plateau, avance le plus discrètement possible, prend soin de ne pas trébucher sur les câbles fixés au sol. Jack se tient dos à lui devant une console de régie, un flingue à portée de main. Quand il s'adresse à Millie, Natsé peine à reconnaître sa voix, chargée de rage et de douleur.

— Dès que le direct est lancé, tu racontes tout ! Comment ils ont manipulé Andréa, comment cette campagne est truquée, ton appartenance au BlackNet...

— Je n'appartiens pas au BlackNet, rétorque Millie.

— Ta gueule ! hurle-t-il. Et tu n'oublieras pas de mentionner le rôle de ta petite copine et ce que vous avez fait à Breton. Ah, et juste au cas où il te viendrait à l'idée de désobéir, y a trois types de l'Ordre en planque devant chez tes parents. Un mot de travers, un appel à l'aide et je leur envoie un message. Compris ?

— Je te dis que je ne fais pas partie du BlackNet, insiste Millie. Je te promets qu'on n'y est pour rien dans la mort d'Andréa.

— Tais-toi ! C'est parti ! Live dans 5... 4... 3...

Natsé n'essaie pas de le prendre par surprise. Son corps est encore affaibli par sa course et elle n'est pas sûre d'avoir le dessus. Sans bouger, d'un ton calme, Gabriel l'interpelle :

— Jack, arrête. S'il te plaît.

L'homme se retourne en brandissant son arme, d'abord vers Gabriel, puis sur Millie.

— Tu avances et je la bute !

Il a le teint terreux, les yeux enfoncés dans les orbites, ses cheveux décoiffés tombent sur son front en mèches grasses. Ce n'est plus le même. Lui qui a endossé le rôle d'un autre pendant si longtemps, pour se punir de ce qui arrivait à Andréa, est en train de se perdre pour de bon. Gabriel lève les mains, sans réussir à détacher son regard de Millie et du calibre tremblotant braqué sur elle.

— OK. Je reste où je suis. Je ne bouge pas.

Jack ne sait pas comment réagir. Qu'est-ce qu'ont foutu les deux abrutis de l'Ordre pour le laisser passer ? Comment il va faire maintenant, seul contre eux deux ? Il n'a pas le choix, il doit en descendre un.

— Je vais tout t'expliquer, continue Gabriel. Mais je t'en supplie, laisse Millie partir. Elle n'y est pour rien.

Jack ricane. Un ricanement qui se mue en un éclat de rire nerveux et désespéré.

— Espèce d'ordure, lâche-t-il d'un air dégoûté. Tu débarques ici et tu oses me demander quelque chose ?

Natsé veut lui répondre, lui dire qu'elle le comprend, qu'ils sont du même côté. Jack ne lui en laisse pas l'occasion.

— Tu crois vraiment que t'es en position de faire ça ?

Il faut l'écouter, ne rien dire, le laisser parler. Le laisser expulser sa haine, comme on extrait le pus d'un abcès.

— TU L'AS TUÉE, PUTAIN !

Son cri résonne dans le studio, saturant l'air d'une tristesse communicative. Natsé a envie de chialer. Si quelque chose arrivait à Millie, elle réagirait de la même façon. Elle ne doit pas y penser, rester concentrée.

— Elle comptait sur toi pour retrouver ses souvenirs. Nos souvenirs.

— Je sais...

— Non, tu ne sais rien. Tu ne sais rien de l'enfer qu'elle a vécu, tu ne sais rien de la vie qu'elle a sacrifiée, des crises d'angoisse, des pleurs et des idées morbides. Depuis des années, elle vivait dans la crainte de voir sa mémoire supprimée si elle ne vous obéissait pas. D'oublier le visage de sa mère, d'oublier ses souvenirs d'enfance, d'oublier qui elle était. Vous vous êtes servis des effets dévastateurs du Silencio pour faire pression sur elle. Pour l'obliger à participer à cette merde.

— Les Administrateurs m'ont menti, Jack. Ils ne m'ont jamais parlé de ça.

Il ne l'écoute pas.

— Alors nous, comme des cons, persuadés que t'étais le vrai Breton, l'ennemi numéro un du BlackNet, on t'a contacté. Mais vous aviez tout prévu ! Le ver était déjà dans le fruit. Et quand elle a voulu lâcher l'affaire, quand elle a voulu tout avouer... vous l'avez tuée.

La souffrance déforme ses traits. Il vacille. Natsé pense qu'il va s'écrouler. Gabriel fait un pas en avant. Jack se redresse aussitôt, son flingue toujours pointé sur Millie. Gabriel se fige.

— Je te jure que je n'en savais rien. Si tu poses ton arme, je vais tout t'expliquer.

— C'est de ta faute si elle est morte, dit Jack d'une voix presque inaudible. Mais ce soir tout le monde sera au courant de ce qui s'est passé.

— Je suis d'accord avec toi, il faut que ça se sache. Il faut qu'on raconte ce que les Admins ont fait. Mais Millie n'a rien à voir là-dedans.

Jack le dévisage, un sourire triste sur les lèvres.

— Je crois que j'en ai plus rien à foutre. Gabriel, Natsé, Natsé, Gabriel, Millie... Peu importe. Je veux juste que les gens sachent. Qu'ils sachent à quel point Andréa était une femme brillante, pas l'une de ces fachos qu'elle a été obligée de côtoyer sous la menace. Qu'ils sachent que le BlackNet l'a assassinée et qu'ils prennent conscience que le monde politique est encore plus gangrené que ce qu'ils peuvent imaginer.

Gabriel s'apprête à répondre, quand la voix de Sia résonne dans son oreille.

— Deux individus non identifiables viennent de pénétrer dans le bâtiment.

— Merde...

— Ouais, merde. Comme tu dis, rétorque Jack. C'est la merde. Je vois déjà les titres des journaux demain : Millie Lacroix, star du cinéma et membre d'un groupe terroriste. Il va y avoir des surpris parmi tes fans, hein, Millie ?

Gabriel s'avance vers lui, plus pour capter son attention que pour tenter quoi que ce soit.

— OK, je fais partie du BlackNet. Mais les Administrateurs m'ont trahi. Comme ils t'ont trahi, comme ils ont trahi Andréa, comme ils trahissent tous ceux qui leur font confiance. Tu crois vraiment que ton mec de la DGSI, Vidal, aurait pu pirater la Sauvegarde ? C'est impossible, continue Gabriel sans attendre. Si les infos sur ma double identité et l'opération Janus ont fuité, c'est que les Admins l'ont fait exprès. Et tu sais pourquoi ? Parce qu'ils ont su que je voulais tout arrêter. À partir du moment où ils m'ont demandé de vous buter Andréa et toi, j'ai décidé d'abandonner. Ils l'ont appris et ça ne leur a pas plu. Voilà comment tu t'es retrouvé au courant de tout ça. En te faisant baiser une fois de plus ! Tout comme moi ! On est dans le même bateau, putain !

Jack le regarde, tentant de faire le tri parmi ces informations, de jauger leur crédibilité. Et si c'était encore un mensonge ? Un nouveau moyen de l'instrumentaliser ? Tout lui semble faux. Deepfaké pour mieux le manipuler.

— Je sais ce que tu te dis. Mais je te jure sur la vie de Millie que c'est vrai. Maintenant qu'on sait de quoi ils sont capables, maintenant qu'on connaît leurs intentions, on peut les faire tomber. On peut prouver ce qu'ils ont fait.

— Les deux individus sont dans l'ascenseur, indique Sia. Ils arrivent au vingt-sixième étage.

Le temps presse. Grâce aux renseignements de Rastin, Natsé se doute de l'identité d'un des deux hommes.

— Même si tu disais la vérité, poursuit Jack, on ne connaît pas leurs noms, on ne sait pas qui ils sont. Même toi qui bosses avec eux, tu ne les as jamais rencontrés. Ils peuvent être partout ! Je suis bien placé pour le savoir. Surtout avec des tarés comme toi, prêts à sacrifier leur vie pour les servir.

— Je suis d'accord avec toi. Mais je suis sûr qu'ensemble, avec l'aide de Rastin et des hacktivistes convaincus, on arriverait à quelque chose. Mais là, il y a plus urgent. Deux types dans l'ascenseur vont débarquer ici.

Jack fronce les sourcils, méfiant.

— T'essaie de me faire flipper ?

— Je t'assure que non.

— Ça doit être les gars de l'Ordre qui m'accompagnent.

— Non, c'est pas eux.

— Nat, tu sais qui c'est ? demande Millie inquiète.

— J'ai une idée. Jack, il faut qu'on dégage d'ici. Baisse ton arme et viens avec nous.

— Je ne peux pas te faire confiance.

— Et merde ! Sia, lance le direct sur tous les canaux.

Dans le studio, les voyants rouges des caméras robotisées s'allument.

— Qu'est-ce que t'as fait ? s'énerve Jack, sentant la situation lui échapper.

Gabriel ne répond pas, il écoute. Derrière la porte battante, au bout du couloir, l'ascenseur s'ouvre. Des pas se rapprochent. Sans un mot, Gabriel fait signe à Jack de se planquer. Il ne bouge pas. Gabriel recule, essayant de se dissimuler dans la pénombre du studio. L'un des deux inconnus a une démarche dynamique, assurée. L'autre est plus mollasson, ses pieds traînent sur la moquette. Les portes s'ouvrent et les silhouettes se découpent dans l'encadrement. Pour la première fois, sous le coup de la surprise, Jack baisse son Beretta.

— Mais... Mais qu'est-ce que vous faites là ?

L'un des deux hommes lève le bras. Le feu des spots fait scintiller son arme. Jack est trop abasourdi pour réagir, son cerveau comme paralysé par ce qu'il comprend soudain. Natsé veut agir. Trop tard. Le cri de Gabriel ne suffit pas à stopper le coup qui part.

28

Paris, 15e arrondissement, siège du groupe Logoé Média, 5 h 30

Natsé a déjà vécu des scènes pareilles. Devant une série interactive ou un jeu en VR. Ces fictions où il est si facile de s'interposer, d'éviter les balles ou de se battre. Mais là c'est différent. C'est la vraie vie. Celle qui vous surprend, qui vous estomaque et vous cloue sur place. Celle où on se repasse la scène et où on s'en veut. Pourquoi je n'ai pas fait ça ? pourquoi je n'ai pas dit ça ? Ce qui lui arrivera si un jour elle a la chance d'y repenser. Pour le moment, elle analyse la situation. Millie est toujours sur son siège, tétanisée. Jack est allongé par terre. Une tache pourpre s'agrandit sur sa chemise, sorte de test de Rorschach sanguinolent. Gabriel s'agenouille à ses côtés. Comme auprès d'Andréa quelques heures plus tôt. Natsé aimerait dire un truc intelligent. Un truc suffisamment puissant pour refermer la plaie causée par la balle de 9 millimètres qui a traversé son abdomen.

— Ja... Jack, ça va ? balbutie-t-il lamentablement.

Un masque de douleur recouvre son visage, sa respiration est saccadée. Il n'est déjà plus le même.

— Aide... aide-moi, parvient-il à articuler. Aide-moi à me redresser.

Il réussit à l'adosser contre le mur le plus proche. Celui éclaboussé par son propre sang. Quand Jack rouvre les yeux, c'est pour dévisager ses deux agresseurs. Lucas Howard brandit toujours son calibre, le regard vide et la mâchoire tombante. Derrière lui, son supérieur jette un coup d'œil par-dessus son épaule.

— Voilà qui est mieux, ricane Philippe Nacquart. Maintenant, agent Natsé, faites glisser l'arme de monsieur Evans sur le sol, je vous prie. Sinon, mon assistant s'occupera de terminer le boulot.

Le corps de Gabriel ne réagit pas. Depuis sa conversation avec Rastin, Natsé sait que Nacquart est dans le coup. Mais elle ne pensait pas qu'il était impliqué au point de connaître sa véritable identité. Les questions sans réponse se superposent. Les souvenirs de Jack et Gabriel explosent. Sa mémoire n'est plus que brouillon, bribes et lambeaux.

— Allez, allez, dépêchez-vous, s'impatiente Nacquart, paternaliste.

Natsé puise dans sa vie. Elle pense à son père, à sa mère, à Millie. Encore et toujours. Gabriel balance le flingue vers le candidat. L'arme bute contre le pied de Lucas qui les maintient en joue, sans bouger. Nacquart quitte sa planque pour la ramasser, tout sourire.

— Lucas, qu'est-ce que tu fous ? demande Jack d'une voix étranglée.

— Oh ne le blâmez pas, fanfaronne Nacquart. Mon directeur de campagne n'est plus tout à fait maître de ses gestes dorénavant.

— Qu'est-ce... Qu'est-ce que vous lui avez fait ?

— Une petite surcharge cérébrale, explique le politicien. Histoire qu'il nous obéisse au doigt et à l'œil. Qu'il accomplisse la tâche que notre chère Natsé n'a pas daigné achever. Parce que pour crier sur tous les toits qu'il faut changer la société, qu'il faut se sacrifier pour la cause, il y a du monde. Mais dès qu'il s'agit de se retrousser les manches, d'entrer dans le concret, on l'entend moins là, hein ?

— Espèce d'enfoiré, fulmine Millie qui s'est levée.

— Mademoiselle Lacroix, rasseyez-vous, dit Nacquart en agitant négligemment le pistolet qu'il tient dans la main.

— Comment vous êtes au courant ? demande-t-elle, forcée d'obéir.

Nacquart pouffe, s'esclaffe, puis part dans un fou rire incontrôlé qui lui colle les larmes aux yeux.

— Oulala, pardonnez-moi, pardonnez-moi. C'est juste que je vous pensais plus vive que ça.

— Putain...

— Comme vous dites. Putain de bordel de merde ! beugle Nacquart dans le studio.

— Depuis le début, le BlackNet est derrière tout ça ?

— Ah, le BlackNet, reprend Nacquart. Une belle bande d'incapables. Mais oui ! Oui, par la force des choses, ils sont dans le coup. *Nous* sommes dans le coup.

— Vous êtes un Administrateur ? Natsé se doute de la réponse, mais elle veut en être sûre. Savoir à quel point on s'est foutu de sa gueule.

— Belle déduction, agent Natsé. Eh oui, je suis devenu l'un d'entre eux en effet.

— Depuis le début vous contrôlez le BlackNet ?

— Si seulement... Mais non ! Il nous a fallu du temps

pour l'infiltrer, pour localiser ces lanceurs d'alerte cachés derrière leurs écrans, pour liquider ceux qui ont fondé ce réseau de militants de pacotille. Et au fil des années, on les a remplacés. Petit à petit l'oiseau fait son nid, comme on dit. Cui-cui ! Par chance, certains d'entre eux, les plus fragiles, les plus peureux, ont bien voulu nous filer un coup de main. Comme ce bon vieux Rastin. Ça nous a fait gagner un temps précieux !

Nacquart s'approche de Gabriel et se penche vers lui, tel un père s'adressant à son enfant.

— Eh bien quoi, agent Natsé ? Je peux lire votre surprise dans ces yeux qui ne sont pas les vôtres. Vous trouvez ça étrange qu'un Administrateur à l'origine du BlackNet ait pu se rallier à notre cause ? Pourtant vous devriez savoir que plus la promesse de pouvoir est grande, plus la corruption est aisée. Même si ce chien de Joseph a fini par se retourner contre nous !

— Si vous avez pris le contrôle du BlackNet, pourquoi ne pas juste l'avoir supprimé ? questionne Millie au bord des larmes.

— Mais pour les imbéciles comme vous ! Pour ceux qui ont besoin d'un contre-pouvoir pour se sentir exister. Si on l'avait enterré, un autre mouvement aurait émergé. Un mouvement sur lequel nous n'aurions pas eu la main. Du moins pas tout de suite, ajoute Nacquart avec un sourire carnassier. Et puis, pour contrôler le peuple, il n'y a rien de mieux que le mirage d'une menace commune. Les juifs, les Arabes, la Russie, le BlackNet... Peu importe !

En tentant de se redresser, Jack glisse sur la flaque de sang qui se répand à ses côtés.

— Et… Andréa ? Qu'est-ce qu'elle vient faire là-dedans ?

— Ah Salvény, s'exclame Nacquart en rejoignant son adjoint toujours figé. Vaste sujet ! Quand nous avons compris que la Sauvegarde était la solution qui allait tous nous permettre d'atteindre notre but, nous avons décidé de trouver un moyen disons… plus officiel de gouverner. Alors nous avons organisé ces élections. Nos derniers sondages montraient qu'une majeure partie de nos concitoyens voulaient du neuf, voulaient faire table rase de ces politicards installés depuis trop longtemps. Donc on leur a donné du neuf ! Salvény, brillante, jeune, belle… Elle incarnait ce renouveau à la perfection.

Nacquart s'interrompt et lance un sourire narquois à Jack :

— Et surtout, nous avions la main sur ses souvenirs vu qu'elle gobait du Silencio à tour de bras !

— Gros porc…

— Précisément ! C'est ça qu'il fallait en face. Son exact opposé ! Pour être sûr que l'un d'entre nous l'emporte. Politique de carrière, j'étais parfait pour ça ! J'ai tellement bien joué mon rôle que, le soir où monsieur Evans a rencontré Rastin, Andréa m'a appelé, persuadée que j'étais manipulé comme elle par ces grands méchants du BlackNet. Quelle conne !

Malgré les vociférations de Nacquart, Natsé est sûre d'avoir entendu une clameur s'élever au-dehors. Gabriel jette un coup d'œil furtif à Millie. Sa moue intriguée lui confirme qu'elle l'a perçue aussi. Ils s'accordent en silence pour ne rien dire. Le candidat ne remarque rien, trop excité de les tenir à sa merci. Pour le garder dans l'ignorance de ce qui se passe dans la rue, Natsé en rajoute une couche.

— Et depuis le début ils savaient qu'Andréa et toi alliez faire appel à Breton. Avant même de vous faire chanter, ils s'en doutaient !

— Et on a juste eu à le remplacer !

Tout en pointant son arme sur Millie, Nacquart attrape le menton de Gabriel entre ses mains.

— Natsé, Natsé, Natsé... Pas aussi utile qu'on l'espérait. Même si tu nous auras au moins appris que Rastin allait offrir la clé de la Sauvegarde à Salvény. Salvény à qui tu t'es bien attaché d'ailleurs. À tel point que tu nous as trahis pour ne pas avoir à la buter ! rugit Nacquart en retournant vers son adjoint. Heureusement que ce bon vieux Lucas était là. Il est obéissant lui maintenant. Hein, Lucas ? Tout doux. Vous devriez voir ce qu'on arrive à faire sur le cerveau humain en détournant le principe de la Sauvegarde, c'est fascinant, reprend-il. Et lorsque nous y aurons pleinement accès, nous accomplirons tellement plus !

— Qu'est-ce que vous racontez ?

— Je vais essayer de faire simple, mademoiselle Lacroix. Je vous dois bien ça. Avant on était seulement capable d'uploader ou de supprimer des souvenirs. Puis, à force d'expérimentations, et d'échecs, je ne vous le cache pas, on a appris à lobotomiser pour mieux contrôler. Comme nous l'avons fait avec ce bon vieux Lucas. Mais, vous le constaterez, le résultat n'est pas si convaincant. Nous ne bâtirons pas une société nouvelle avec des pantins dans son genre. Toutefois, quand nous aurons la clé de la Sauvegarde, tout va changer. Nous pourrons décortiquer, modifier et même injecter des souvenirs créés de toutes pièces chez nos utilisateurs.

— Alors c'est ça que vous voulez faire ? demande Gabriel, continuant de détourner l'attention de Nacquart. Faire élire quelqu'un du BlackNet à la tête du pays pour rendre la Sauvegarde obligatoire ?

— Rien de mieux que la légitimité du peuple pour contrôler le peuple, rétorque le candidat.

— C'est de la manipulation ! feint de s'emporter Millie jouant le jeu de Natsé.

— Et alors ? s'irrite Nacquart. Si c'est pour le bien commun ? Où est le problème ? Nous courons à notre perte. Réchauffement climatique, crises migratoires, guerres, surpopulation... Nous devons affronter tout ça ensemble. Arrêter avec nos débats, nos petites querelles et nos états d'âme sans intérêt. Et avec la Sauvegarde, c'est ce que nous pourrons faire : mettre tout le monde d'accord. Unifier pour triompher. Et vous savez qu'on a raison. Vous savez que c'est...

À l'extérieur, une détonation plus violente que les autres interrompt le candidat.

— Qu'est-ce que c'est que ce bordel ? marmonne-t-il. Lucas, surveille-les.

Toujours aussi inexpressif, l'adjoint obéit en pointant son arme sur Gabriel. Comme s'il s'agissait d'un vulgaire obstacle, Nacquart enjambe Jack qui gît au sol, désormais inconscient. Par la fenêtre du studio, il découvre la scène qui se joue au pied du bâtiment. Ses yeux s'écarquillent. Un rictus agite sa lèvre supérieure.

— C'est quoi ces guignols ?

Les pas, les slogans et les hurlements montent d'un

cran. Des vitrines se brisent et des voitures s'enflamment. Les couleurs des fumigènes se mêlent aux premiers rayons du soleil. L'odeur de cramé emplit déjà le ciel. Sur le pavé, ça court, ça frappe et ça se déchaîne.

— Vous voilà célèbre, ironise Gabriel.

Nacquart se retourne vers lui, le visage révulsé par la haine.

— Explique-toi !

— Je vous pensais plus vif que ça. Vous êtes dans un studio télé, abruti. J'ai lancé le live juste avant votre arrivée, histoire que le monde entier profite de votre beau discours.

— Un discours digne d'un méchant de James Bond, renchérit Millie.

— Et apparemment, ça en a énervé quelques-uns.

Hébété, Nacquart avise les caméras autour de lui. Dans un accès de rage, il se rue sur elles pour les jeter à terre, tente d'arracher les câbles se trouvant derrière. Natsé en profite pour rejoindre Millie, la prendre dans ses bras.

— J'ai peur, lui chuchote-t-elle au creux de l'oreille.

— T'inquiète, ça va aller.

Le regard de Nacquart a changé. La folie s'est transformée en démence. Son corps vibre sous l'effet de la fureur. Il se précipite vers Gabriel, Natsé s'apprête à encaisser le coup. Au lieu de ça, Nacquart attrape Millie par les cheveux et la traîne sur le sol, le flingue braqué sur son crâne.

— Espèce de petite merde, susurre-t-il à l'intention de Natsé. Tu veux la jouer finaud ? On va voir qui est le plus malin !

— Lâche-moi, connard ! hurle Millie en se débattant.

— Arrête de bouger, toi ! Encore un mouvement et je tire une bastos dans la gueule de ta copine. Même si c'est pas son corps, je peux t'assurer qu'elle va pas s'en remettre. Jusque-là j'ai pris mon temps, mais maintenant on va se grouiller. Natsé, tu vas me filer ce putain de code, et tout de suite !

— Espèce d'imbécile, se moque Natsé. La seule à qui Rastin l'a donné, c'était Andréa. Et vous l'avez tuée.

— VOUS FOUTEZ PAS DE MA GUEULE ! On l'a butée parce qu'elle allait tout balancer, mais on sait très bien que t'es allé chez elle, dit-il en fusillant Gabriel du regard. Ne me dis pas que tu ne l'as pas cherché ce putain de code !

Dans la rue, le vacarme monte crescendo. Les fenêtres du bâtiment explosent, des manifestants s'engouffrent dans la tour sous les acclamations de la foule.

— Tu crois que je pensais à ça ? répond Gabriel pour gagner du temps. Je venais de comprendre que les Administrateurs avaient pété un plomb, qu'ils étaient prêts à tuer des gens. J'avais autre chose en tête que ce code à la con.

Nacquart expire un long moment, tentant de garder son calme.

— Écoute-moi bien. Deux choses. La première c'est que je sais que tu me mens. T'as sacrifié ta vie pour protéger la Sauvegarde, alors t'aurais certainement pas laissé passer une occasion de trouver cette clé. La seconde, c'est que, si ce n'est pas toi qui me files ce code, on traquera Rastin jusqu'à ce qu'on l'obtienne. Donc tu ne gagnes rien à...

— Rastin a effacé la clé de sa mémoire, le coupe Gabriel. Et de tous ses systèmes de stockage. Il ne voulait plus être mêlé à ça. Ce qui fait qu'Andréa était la seule à la connaître.

— Eh bien alors, tu vas me la donner bordel ! Je t'assure que si tu ne le fais pas je retapisse le studio avec la cervelle de ta grognasse, c'est compris ? T'as trois secondes pour te décider. 3...

— Mais puisqu'elle vous dit qu'elle ne l'a pas !

— Ta gueule ! 2...

— Nat, lui dis rien !

— Tu vas te taire oui ! 1...

La phalange de Nacquart blanchit en pressant la détente. Millie ne ferme pas les yeux. Elle embrasse Gabriel du regard, cherchant une étincelle de la femme qu'elle aime.

— C'est bon ! Je vais vous la donner.

29

Paris, 15e arrondissement, siège du groupe Logoé Média, 6 heures

— Accouche alors !

— Je l'ai vue deux secondes sur le laptop d'Andréa. Juste avant de savoir que Jack allait s'en prendre à Millie. Cette clé est composée de quatorze sections, de plus de cent caractères chacune. Tu crois que je la connais par cœur ? Vous êtes loin d'être un expert pour dire des conneries pareilles.

— T'es vraiment pas en position de te foutre de ma gueule. Je suis peut-être pas un geek dans ton genre, mais j'en sais suffisamment sur le fonctionnement de la Sauvegarde pour comprendre qu'en te branchant dessus tu pourras visionner le code à nouveau !

Nacquart force Millie à se relever en l'empoignant fermement par les cheveux.

— Lucas, tu gardes Breton en joue. Au moindre faux pas, tu lui tires dans les jambes. Pigé ?

La marionnette du candidat reste muette, se contentant de viser l'homme face à lui.

— Parfait ! Vous, d'abord. On va sortir d'ici. Si vous

tentez de vous barrer, y en a forcément une qui se prendra une balle.

Gabriel et Millie obéissent en se dirigeant vers la porte du studio. En passant devant le corps inerte de Jack, Millie étouffe un sanglot.

— Vous pouvez dire au revoir à monsieur Evans, ricane Nacquart. Je crois bien qu'il vient de nous quitter.

— Où est-ce que vous nous emmenez ? demande Gabriel en sentant le revolver du candidat s'enfoncer dans son dos.

— Vous allez voir, c'est une surprise !

Ils repassent devant les baies vitrées donnant sur les grands boulevards. Dehors, le chaos est total. De toutes les artères déboulent des centaines de personnes qui se pressent vers la tour. Certaines cagoulées, d'autres armées, beaucoup en train de filmer. Des hommes, des femmes, des vieux, des ados, des ouvriers, des profs, des infirmiers... Prêts à en découdre, ils ont faim de réponses et soif de vengeance. Le discours de Nacquart a été le détonateur d'une explosion de colère populaire que les élites désamorçaient depuis trop longtemps, à coups de fausses promesses et de trahisons. En instrumentalisant l'espoir, en manipulant la détresse. Il venait de tirer la foule de la léthargie profonde dans laquelle lobbyistes et politiques la plongeaient depuis des décennies. En abolissant les rêves, en uniformisant les vies. Sophismes, tautologies, non-sens... Au fil du temps, l'éventail des techniques de manipulation n'avait cessé de croître. Mais là, c'était la prise de conscience. Aussi soudaine que brutale. Aussi violente que radicale. Même Nacquart semble captivé par cet embrasement généralisé.

Mais le fracas provenant des étages inférieurs l'arrache au spectacle.

— Appelle l'ascenseur !

— Vous voulez sérieusement monter là-dedans alors qu'il y a une bande de fous furieux dans l'immeuble ?

— Appelle, je te dis !

Gabriel enfonce le bouton. Comme une conséquence de son geste, les pales d'un hélico fendent aussitôt le ciel. Il est là pour analyser les faits et gestes des manifestants, et sa présence montre la réactivité des autorités. Loin d'apeurer la foule, la présence de l'engin la galvanise. Elle est encore capable de faire frémir, d'inquiéter et qui sait ? Peut-être même de renverser. Les sirènes des véhicules blindés retentissent, complétant cette symphonie guerrière. La cacophonie excite Natsé. Elle veut y participer, elle veut la propager cette cacophonie. L'étendre aux autres villes et aux campagnes. Qu'elle soit sur toutes les lèvres, car elle est belle cette cacophonie. Elle éveille les convictions et elle pousse à l'action. Sans sommation, les tirs des flashballs entrent dans la danse. Sec et vif, il fait chanter la douleur et rythme les pleurs.

— Ah, la racaille qui se fait mater ! jubile Nacquart. Enfin ! Allez, éborgnez-moi tout ça, mutilez-les jusqu'au dernier. Ça leur évitera de recommencer.

L'ascenseur s'ouvre. Millie et Gabriel entrent les premiers, suivis de Lucas, puis Nacquart qui prend soin de garder ses distances. Sans lâcher Gabriel des yeux, il appuie sur la touche du premier sous-sol. Les portes se referment et la cabine entame sa descente. Si Natsé veut tenter quelque chose, c'est maintenant. Les deux canons sont pointés vers elle. Légèrement distrait, Nacquart écoute le fracas de l'extérieur. En faisant vite, Millie peut s'en tirer. De manière imperceptible, Gabriel modifie ses appuis pour pivoter vers Lucas. S'il arrive à le désarmer, il pourra peut-être maîtriser Nacquart dans la foulée. Ses chances sont minces. Elle s'apprête à bondir. Le corps entier de Gabriel n'est que tension. Ses genoux tremblent, ses mains sont moites, ses mollets menacés par les crampes. L'ascenseur s'arrête d'un coup, les plongeant dans le noir quelques secondes avant que l'éclairage de secours ne prenne le relais.

— Qu'est-ce que c'est que ce bordel ? crache Nacquart en empoignant son arme à deux mains. C'est toi qui as fait ça ?

L'occasion est passée. Elle a été aussi surprise qu'eux et maintenant il est trop tard.

— Réponds-moi ! Qu'est-ce que t'as foutu ?

— C'était sûr, dit Gabriel. Ils ont dû voir l'ascenseur descendre et ont coupé le jus pour vous choper. Et là, ils viennent vous chercher pour vous lyncher bien gentiment.

— Lucas ! Ouvre-moi ces putains de portes ! hurle Nacquart en lui prenant son flingue.

Le zombie glisse ses doigts entre les deux battants métalliques. Sans paraître ressentir la moindre douleur ou fatigue, Lucas continue de forcer jusqu'à obtenir un espace suffisamment large. Nacquart le pousse d'un coup de coude.

— Surveille-les. Je passe en premier.

Le candidat peine à se hisser en dehors de la cabine bloquée entre deux étages. Prisonnière de cet espace étriqué, Natsé réfléchit à ce qu'elle peut faire quand des voix étouffées lui parviennent. Celles de manifestants qui se rapprochent, déterminés à se faire entendre. Nacquart aide Lucas à sortir, puis ordonne à Gabriel et Millie de faire pareil.

— Dépêchez-vous putain !

Gabriel joue la montre, fait mine de galérer. Si les nouveaux venus leur tombent dessus, la situation pourrait se renverser.

— Je t'assure que si tu te magnes pas plus que ça j'en connais une qui va pas finir la journée, gueule Nacquart. Voilà ! Allez, les escaliers maintenant ! Grouillez-vous !

Ils se dirigent vers l'issue la plus proche quand un cri retentit derrière eux :

— Ils sont là, s'exclame une femme d'une quarantaine d'années, vêtue d'une blouse blanche.

Un sourire sadique se forme sur les lèvres de Nacquart. À deux reprises, il appuie sur la gâchette. Les coups de feu éclatent comme un ordre : se taire, s'écrouler et mourir. L'infirmière obéit. L'espace d'un court instant, Nacquart semble aussi étonné que sa victime.

— Mais... Mais vous êtes taré, bredouille Millie.

— Elle l'a pas volé, dit le candidat en se parlant à lui-même. Allez bougez-vous ! Et vite !

Les yeux rivés sur la tache écarlate qui se répand sous la blouse, Millie est pétrifiée. Le calibre s'agite devant elle, menaçant, mais elle ne le voit pas. Gabriel lui attrape la main, d'une manière bien plus délicate que la situation ne le permet, et la guide jusqu'à l'accès menant aux escaliers. Il faut se dépêcher. Natsé doute qu'après le geste de Nacquart les casseurs fassent une distinction entre lui et eux. L'un des poursuivants confirme sa crainte :

— ON VA VOUS CHOPER BANDE DE FUMIERS !

Les menaces fusent, l'écho des pas se répercute. La cage d'escalier n'est plus qu'un imbroglio de sons, une caisse de résonance brassant peurs et dangers. Une boule au ventre, Gabriel descend les marches trois par trois, serrant toujours la main de Millie dans la sienne. La trouille semble l'avoir réveillée. Elle devance Gabriel et l'entraîne maintenant à sa suite. Derrière eux, Nacquart fulmine, usant de son arme dès qu'un de leurs assaillants s'approche de trop près. Mais sa maigre expérience du terrain le fait paniquer, l'empêche d'anticiper. Bientôt, son chargeur est vide. Il se précipite sur Lucas et lui arrache son 9 millimètres.

— Écoute-moi bien le débile ! Tu restes là et tu fais tout ce que tu peux pour qu'ils ne passent pas ! C'est clair ?

Les yeux dans le vide, Lucas émet un bref grognement.

— C'est bien, le félicite Nacquart. Allez, vous deux, on continue !

Ils sont presque au rez-de-chaussée quand ils entendent les types du dessus tomber sur Lucas.

— Il y en a un tout seul les gars ! On peut se le faire !

— Nacquart, ils vont le tuer putain.

— Et alors ? Il est déjà mort.

Les coups commencent à pleuvoir. D'abord timides et méfiants, puis de plus en plus francs. Au moment où Nacquart et ses deux otages franchissent la porte conduisant aux sous-sols, le son mat des poings contre la peau s'estompe. D'un signe de tête, Nacquart somme Gabriel et Millie de continuer à descendre. Au fur et à mesure, le boucan des affrontements est couvert par leurs respirations. Ils sont seuls. Pour le moment, personne ne semble avoir jugé bon d'occuper le parking. L'humidité suinte des murs, l'odeur du béton mouillé prend à la gorge. Ils s'enfoncent de plus en plus profondément. Quand Nacquart ordonne à Millie d'ouvrir l'épaisse porte métallique qui leur barre le passage, Natsé ne sait plus à quel niveau ils se trouvent. Le candidat leur fait signe d'avancer dans le couloir interminable qui s'offre à eux. Des gaines d'aération côtoient des ampoules éparses et crasseuses.

— Vous êtes conscient que vous ne sortirez jamais d'ici vivant ? demande Gabriel, tournant la tête vers l'homme qui prend soin de garder ses distances.

Natsé pensait le faire enrager, le déstabiliser. Mais, loin de la guerre qui sévit dehors, Nacquart s'est ressaisi.

— Ça ne me dérange pas, agent Natsé. Contrairement à vous, je suis prêt à faire de réels sacrifices pour ma cause.

— Pourquoi vous avez eu besoin de Nat ? demande Millie. C'était quoi son rôle dans votre plan foireux ?

— Natsé était comment dire... notre filet de sécurité. Celle capable de nous renseigner sur ce que faisaient Salvény et Evans, de nous tenir informés de leurs intentions. De ce qu'ils n'uploadaient pas sur la Sauvegarde, au risque de l'oublier. Et puis c'était notre agent de terrain, celui qui devait agir en conséquence. Mais elle s'est dégonflée, ajoute le candidat attristé. Et je reste persuadé, mademoiselle Lacroix, que c'est de votre faute. Sans vous, elle serait allée jusqu'au bout. Elle aurait abattu Salvény pour protéger ses convictions.

— Pauvre con.

— Mais pas de chance, quand Natsé a décidé de nous trahir, nous étions en bas de chez vous, notre capteur pointé vers son implant.

Natsé comprend mieux l'origine des maux de tête qui l'ont assaillie chez Millie.

— C'est comme ça que nous avons su qu'il fallait reprendre la main, liquider Andréa avant qu'elle ne dévoile tout à la presse, poursuit Nacquart. Mais je ne vous en veux pas, mademoiselle Lacroix. Car c'est aussi grâce à vous que Natsé a accepté la mission que nous lui avons confiée.

— Qu'est-ce que vous racontez, espèce de taré ?

— La ferme, Nacquart !

— Ah vous ne le lui avez pas dit ? ricane le candidat. Eh bien, oui ! Si le vrai Gabriel Breton n'avait pas percé votre relation à jour, Natsé n'aurait sans doute pas accepté de... le remplacer. Mais quand on lui a annoncé qu'il vous avait grillées toutes les deux ensemble, à vous bécoter comme des chiennes en chaleur, elle n'avait plus le choix. Elle devait accepter de lui laver le cerveau pour éviter que vous ne tombiez avec elle. La grande Millie Lacroix en couple avec une terroriste du BlackNet, ça aurait fait tache sur votre joli CV.

Natsé sent le regard de Millie peser sur elle.

— C'est vrai ce qu'il dit ? Tu as fait tout ça pour ça ?

Gabriel ne la regarde pas, Natsé ne veut pas lui mentir en face.

— Bien sûr que non.

Ça ne prend pas. Millie la connaît trop bien.

— Oh non, Nat...

— Mon Dieu, que c'est moche tous ces mensonges !

Nacquart éclate de rire avant de se mettre à crier : « Allez, ça suffit ! Arrêtez-vous là ! »

Sur le digicode d'une porte identique aux autres, le candidat tape une série de chiffres. Le battant s'ouvre. Il leur ordonne d'entrer et appuie sur l'interrupteur. Gabriel a le souffle coupé. La pièce est immense, bien davantage que le couloir exigu ne le laissait supposer. Des centaines de LED clignotent un peu partout, des câbles filent au plafond, rampent le long des murs et courent sur le sol, reliant entre eux serveurs, Backs et unités centrales. Il y en a tellement que la salle entière vibre sous leurs vrombissements.

— Où est-ce qu'on est ?

— Dans les entrailles de la Sauvegarde, annonce Nacquart triomphant. Là où tout a commencé ! Et maintenant, agent Natsé, installez-vous confortablement. Car il est temps pour moi de triturer votre petite cervelle. Mais ne vous inquiétez pas, ce sera la dernière fois.

30

Paris, 15e arrondissement, siège du groupe Logoé Média, 6 h 30

Le Serflex se referme sur les poignets de Millie, s'incrustant dans sa chair.

— Voilà, dit Nacquart satisfait. Avec ça vous devriez vous tenir tranquille.

Mains dans le dos, vissée à son siège, la jeune femme bande ses muscles pour se défaire de ses liens. Le plastique la brûle, la mord. Elle lutte encore. Quand ses forces l'abandonnent, restent deux bracelets vermeils incrustés sur sa peau.

— Vous n'êtes vraiment qu'un petit roquet, mademoiselle Lacroix.

Millie lui décoche un regard où la haine le dispute au dégoût. À l'autre bout de la pièce, Gabriel contemple le spectacle, impuissant. Sans cesser de braquer sa prisonnière, Nacquart s'affaire. Le temps lui est compté, ces abrutis de contestataires peuvent débarquer à tout moment, les flics sur leurs talons. Il tire des câbles, relie deux Backs première génération entre eux et connecte le tout à un bloc d'alimentation poussiéreux. Même si Natsé ne connaît pas ces hardwares sur le bout des doigts, elle commence à entrevoir ce que Nacquart prépare.

— C'est à partir d'ici que Rastin vous a aidé à infiltrer les Administrateurs ?

— N'essaie pas de gagner du temps, ricane le candidat. Tu vas y passer quoi qu'il arrive.

— Alors vous pouvez me répondre.

— Oui, c'est là que ça a débuté, répond-il, s'empressant de finaliser la mise en route de son installation. Âgé d'à peine seize ans, Joseph était l'un des concepteurs les plus importants du BlackNet, et sans doute le plus grand hacker de sa génération. Son rêve, c'était de connecter le maximum d'individus, au sein d'un espace totalement libre et protégé. Mais, comme beaucoup de génies, il était aussi fragile, influençable. Lorsque nous l'avons approché pour lui faire remarquer les failles susceptibles d'être utilisées à de mauvaises fins, il a paniqué. Il s'en est ouvert aux autres fondateurs, leur expliquant comment il était possible d'ajouter une touche de contrôle à cette anarchie numérique, mais ceux-ci n'ont rien voulu entendre. Alors Rastin est revenu vers nous. La queue entre les jambes, comme un vulgaire clébard.

— Et c'est vous qui l'avez placé à la tête de Logoé ?

— C'était la contrepartie. Il nous filait un coup de main pour localiser les Administrateurs d'origine et, en échange, on l'aidait à construire l'empire médiatique qui lui permettrait d'unir et d'informer. Ironie du sort, avec le temps, il s'est fait happer par le système. Jusqu'à devenir l'archétype même de ces puissants qu'il combattait autrefois.

— Et pendant tout ce temps il travaillait pour vous ?

— Non. Dès qu'il a été à la tête de Logoé, dès qu'il a compris qu'on avait liquidé les anciens Admins, il a traversé une grande phase dépressive et n'a plus voulu entendre parler de nous. Mais le mal était fait, ajoute Nacquart en branchant un module extérieur sur l'un des deux Backs. Et aujourd'hui, rongé par la culpabilité, il a carrément aidé Salvény à nous trahir !

— Y a des gens qui veulent pouvoir se regarder en face, lance Millie depuis sa chaise.

Nacquart la dévisage, un sourire en coin :

— Puisque vous misez tout sur votre physique, j'imagine que c'est même votre passe-temps favori, mademoiselle Lacroix. Mais certains ont d'autres préoccupations.

— Comme devenir dictateur, par exemple ?

— Ne parlez pas de ce que vous ne comprenez pas.

De sa main libre, sans lâcher son flingue, il tape une série de commandes sur l'un des PC de la pièce. Le bourdonnement des Backs s'intensifie, forçant Gabriel à élever sa voix.

— Comment vous allez faire pour les élections ? Vous êtes complètement cramé maintenant.

— C'est le cadet de mes soucis, répond Nacquart concentré sur son écran. Il nous faudra juste deux nouveaux hommes de paille pour rejouer la farce. Ce n'est qu'une question de temps.

— Mais après ce que vous venez de balancer devant plusieurs millions de personnes, vous allez finir votre vie en taule, dit Millie en rigolant.

Nacquart se retourne vers son otage et la frappe au visage avec la crosse de son flingue. Obéissant à une pulsion violente et primaire, Gabriel fait un pas en avant.

— T'avances encore et je la fume pour de bon !

— Je t'assure que je vais te crever, Nacquart.

Lorsque Millie relève la tête, un filet de sang dégouline au coin de ses lèvres. Son sourire laisse apparaître des dents écarlates.

— T'inquiète, Nat. C'est un bel aveu de faiblesse que notre politicard vient de nous faire. Il sait qu'on a raison. C'est terminé pour lui.

— Terminé ? s'excite Nacquart. Moi, terminé ? Mais qu'est-ce que vous croyez putain ? On est partout ! Dans le gouvernement, la police, les instances judiciaires ! Le FMI, la Banque mondiale, l'OMS... Tout est verrouillé, bordel ! La guerre n'était même pas commencée que vous l'aviez déjà perdue. Vous avez grandi dans un système qu'on a imaginé pour vous entuber. Alors quoi ? Vous pensez que quelques propos chocs vont lancer une révolution ?

Le rire de Nacquart emplit la pièce, déforme son visage, secoue son corps.

— Qu'est-ce que vous pouvez être cons ! On va parler de ma petite déclaration pendant quelques jours et puis je vais me faire oublier. Un an, deux ans, dix ans... peu importe. Ce qui est sûr c'est que je reviendrai. Les types comme moi sont intouchables ! Député, actionnaire, membre d'un conseil d'administration... j'ai l'embarras du choix.

De la pointe de son arme, il caresse le visage de Millie, les yeux rivés sur Gabriel.

— Et vous, pendant ce temps-là, vous boufferez les pissenlits par la racine.

La haine qui danse dans ses pupilles agit comme un déclencheur chez Natsé. Elle lui fait prendre conscience que ce n'est pas seulement un manipulateur ou un type assoiffé de pouvoir. C'est un prédateur, obsédé par le fait de dominer les autres. De contraindre et régir ceux qui vivent hors de sa caste. Les femmes, les personnes racisées, les étrangers... Il veut dicter à ces citoyens de seconde zone leur conduite, leur manière de penser, de parler, de s'habiller, de consommer. Lui et ses pairs ne peuvent concevoir un monde où leur opinion n'est pas reine. Pour assouvir cette soif d'autorité, pour compenser un manque de confiance sans doute dû à une éducation malsaine ou à un traumatisme d'enfance, Nacquart est prêt à tout. Et si dans les minutes qui viennent Natsé ne joue pas son rôle à la perfection, elle lui laisse une chance d'y parvenir.

— Qui vous dit que je vous donnerai la bonne clé de chiffrement ?

— Tu comptes vraiment t'en sortir avec un simple coup de bluff? dit-il en secouant la tête. Je vais te l'arracher moi cette clé ! Ça va être sale, ça va être douloureux, mais je peux t'assurer que je vais la trouver. Viens par ici !

— De quoi vous parlez ?

— Entre la Sauvegarde, les Backs et le Silencio, on a fait un paquet d'expérimentations, beaucoup de dégâts et quelques belles découvertes. Comme la connexion directe par exemple. Avec cette méthode il n'est plus question d'accéder seulement à ce que tu as bien voulu mettre sur la Sauvegarde. Non ! Là c'est bien plus intéressant, exulte Nacquart. On va se balader dans ta mémoire vive en direct. On va visualiser toutes les saloperies qui traînent dans ta caboche en temps réel. Et je peux t'assurer que je vais bien finir par y trouver ce que je veux.

— Une techno pareille n'existe pas.

— Ah je te cache pas qu'elle n'est pas tout à fait au point. Il peut y avoir quelques effets secondaires plutôt indésirables. Mais vu que tu te retrouveras avec une balle dans le crâne juste après, ça ne devrait pas te poser trop de problèmes. Maintenant, agent Natsé, tu vas me faire le plaisir de plonger dans ce Back.

Gabriel ne bouge pas. Est-ce que ça va marcher ? se demande Natsé. Est-ce que Rastin va tenir parole ?

— PLONGE, PUTAIN !

— Laissez-moi lui dire au revoir.

— Quoi ? Mais tu te fous de ma gueule ?

— Laissez-moi lui dire au revoir et je m'immerge juste après.

Nacquart se frotte le visage d'une main tremblante.

— Dépêche-toi, dit-il en s'écartant.

Sans la quitter des yeux, il rejoint Millie et pose ses lèvres contre les siennes. Le goût du sang envahit sa bouche, le parfum de Millie prend le dessus, images et sentiments affluent. Gabriel se recule pour la regarder une dernière fois. Natsé grave ce moment en elle.

— Quoi qu'il arrive, murmure Gabriel, je ne t'oublierai jamais. Tu fais partie de moi maintenant.

— Nat, qu'est-ce que tu fais ? demande Millie les yeux brillants de larmes.

Gabriel lui décoche un clin d'œil, tente un sourire de façade.

— Je fais comme toi. Je joue la comédie.

— Allez, c'est fini, vocifère Nacquart derrière lui. Tu plonges maintenant !

Gabriel colle son front contre le sien. Il veut s'imprégner d'elle, en aspirer chaque molécule, boire ses pleurs jusqu'à plus soif, caresser sa peau à s'en brûler les doigts.

— Je t'aime. Plus que tout.

— Nat...

Détourner le regard lui fend le cœur. L'abandonner à son sort la dégoûte. Gabriel rentre dans le Back sans se retourner. De peur de craquer, d'en ressortir aussitôt pour la serrer dans ses bras. La serrer jusqu'à fusionner. Quitte à se prendre une balle. Quitte à mourir. Est-ce que ce serait pire ? Certainement pas. Il s'allonge. L'eau est glaciale. Ça ne lui fait rien. Son corps entier est trop occupé à souffrir pour qu'un peu de froid le fasse réagir. À deux mètres de lui, Nacquart s'installe dans le second Back. Leurs destins sont liés. Elle a réussi. Une voix informatique entame le décompte. Décharges et brûlures. Terreurs et quiétude. Les souvenirs abondent.

Je suis avec elle. Dans son appartement, dans son lit. Nues. Je ne sais pas si j'ai déjà été aussi bien. Je ne sais pas non plus depuis combien de temps on se regarde, en silence. Sans même que le bruit de la ville nous gâche cet instant. Je m'apprête à le lui dire. Elle voit que j'ai du mal et me montre l'exemple. Comme souvent. Un *je t'aime*, fragile et délicat, flotte dans l'air cosy de sa chambre. Le mien se joint au sien et ils s'envolent. **[Mais qu'est-ce que c'est que ça ? Je veux du plus récent moi !]**

Tout va trop vite. Cet entrepôt me fait peur, Sia n'est plus là et les Administrateurs me parlent d'une mission cruciale. Un truc sans retour où je devrais abandonner mon ancienne vie. Je ne suis pas sûre d'être prête pour ça.

Ils doivent avoir d'autres membres plus qualifiés. Mais surtout, je ne le veux pas. Je pense refuser. Ils ajoutent que l'homme dont je dois prendre la place est sur les traces de Millie. Il l'a pistée. Il nous a vues ensemble. Ils me disent que c'est dangereux. Pour moi, mais surtout pour elle. Je dois accepter. **[Tellement facile. Surtout quand on sait que c'est nous qui avions fait fuiter ta relation avec elle auprès de Breton.]**

Sur le dos, dans une pièce froide et austère, les Administrateurs me parlent. Plusieurs types cagoulés me tournent autour. Le brancard en métal me glace les omoplates. Je n'ose pas regarder le corps inconscient qui gît à mes côtés. **[Le jour où on a transféré tes souvenirs dans ce brave Breton. Faut vraiment être tarée pour faire un truc pareil.]** Je me répète que je le fais pour la cause. Que je le fais pour Millie. Elle devient mon excuse. Mon hypocrisie me fait honte.

J'arrive chez Millie pour la première fois. Pour la première fois sous cette apparence-là. J'ai pris toutes les précautions possibles et pourtant je suis morte de trouille. Elle se jette contre moi, se fiche de ce visage, de cette silhouette. **[Rah ! Mais on s'en fout de ça. Où est-ce que tu planques ce code putain ? ! ?]** On sait que c'est dangereux de se retrouver. Mais se voir toute la journée en faisant mine de s'ignorer est trop douloureux.

Je me sens sale, souillée, perdue. Je ne veux pas faire ce qu'ils me demandent. **[Ah ! Le moment de ta trahison. On se rapproche !]** Je pleure. Ils sont au courant pour nous deux. Millie me console, joue son rôle jusqu'au bout, me dit qu'on s'en fout.

Le craquement des marches résonne dans cette

maison vide. J'avance dans le couloir. Quelque chose ne va pas. J'ai les mains moites et le palpitant en vrac. Andréa est là. Nausée, dégoût, colère, je comprends ce qui se passe. **[Nous y voilà !]** La tête d'Andréa bascule, inerte. J'entends son téléphone.

Je sors de chez Jack, sa Sauvegarde est incrustée en moi. **[Hein ? C'est pas chez Salvény que t'as vu le code ?]** Mon cerveau a morflé. Quelque chose s'est brisé en moi. Je monte dans ma voiture, fébrile, pas sûre de pouvoir conduire. **[Oh ! Je te cause !]** J'appelle Rastin pour la deuxième fois de la soirée. Je lui dis que j'ai besoin de lui. Il hésite, il trouve ça trop risqué. J'ai conscience de ce que je lui demande. J'insiste. Si on les laisse faire, ils arriveront à leurs fins. **[Qu'est-ce que c'est que ça ?]** Il me prévient des conséquences. La Sauvegarde sera verrouillée. Changer le chiffrement pour exclure les Admins prendra du temps. S'il n'y parvient pas, tous les utilisateurs seront privés de leurs données. On doit tenter le coup. C'est le seul moyen qu'on a. Il accepte. Me demande ce que je compte faire pour Nacquart. **[Quoi ? Tu savais déjà pour moi ?]** Est-ce qu'il peut accéder aux Backs de Logoé à distance ? Bien sûr. Alors, dès que Nacquart nous y emmène, dès qu'il s'immerge avec moi, il le court-circuite. Rastin n'est pas convaincu. Pourquoi il se connecterait ? Ça, c'est mon affaire. **[Espèce de petite conne !]** Il me prévient que si je suis dessus à ce moment-là je risque de mourir aussi. Je m'en doute. **[Comment on se barre de là ? Je veux partir putain ! Laisse-moi sortir !]**

—

Une larme roule sur la joue de l'homme qui assiste à l'échange. Il ne peut se défiler. Pas cette fois. Ça ne rattrapera pas sa lâcheté passée, mais ça sauvera peut-être la génération future. Rastin lance le script codé depuis quelques heures. Une quantité de datas colossale est aussitôt injectée dans le système.

À l'autre bout de Paris, au sous-sol de la tour Logoé, le ronflement des Backs devient assourdissant. Ils crépitent, ils fument, la lumière de tout le quartier vacille. Millie se débat, s'écorche, veut se lever, mais tombe. Elle rampe, se fichant du béton qui l'entaille et de ses entraves qui la cisaillent. Sur le sol, elle crie, elle se tord, elle hurle et implore. Rejoindre celle qu'elle aime est tout ce qui importe. Allongé dans son sarcophage de métal, Gabriel sourit, immobile. Dans son tombeau de chair, Natsé se laisse ensevelir par des réminiscences infinies. Engloutie par ces fragments de vies aux origines lointaines et aux horizons multiples. Diversités, convictions, croyances, histoires la submergent, refluent et l'emportent au loin. Elle ne lutte pas. Elle flotte, ballottée tel un radeau de papier par ces flots déchaînés. Le ciel s'assombrit, les ténèbres se densifient. Seul le désespoir de Millie peut les transpercer. Alors, une dernière fois, Natsé se laisse bercer par sa voix.

31

Paris, 11e arrondissement, 13 heures

Dans sa chambre, Millie observe la robe noire qu'elle vient de passer. Simple et élégante, ses manches courtes et froncées laissent entrevoir les tatouages de celle qui la porte. Parmi les différents motifs, une phrase tourbillonne sur son poignet gauche :

Le silence est l'âme des choses.

À droite, au creux de son coude, elle caresse l'emplacement du prochain dessin qu'elle ancrera en elle. Celui de Janus, le dieu aux deux visages. Celui des commencements et des fins, regardant à la fois vers le passé et l'avenir.

Sur sa table de nuit, Millie prend la paire de boucles d'oreilles qu'elle a choisie, fines chaînes d'argent reliées à deux agates noires.

Quand elle s'assoit sur son lit pour les passer, ses draps libèrent l'odeur d'une personne disparue.

La fragrance est si puissante que Millie est tentée de se retourner, pour voir si elle n'est pas là,

– *... véritable séisme dans le paysage politique, cet enregistrement, qui date du jour même de la mort d'Andréa Salvény, a fait le tour du monde. Ne manquant pas de susciter l'indignation de l'ensemble des dirigeants du globe.*

L'ancien candidat à la présidentielle Philippe Nacquart, impliqué dans ce qui pourrait bien être le plus gros scandale politique que notre pays ait connu, est toujours dans le coma.

Que sait-il ? De quoi est-il responsable ? Pour qui travaillait-il ? L'affaire suit son cours.

Joseph de Rastin, PDG de Logoé et propriétaire de notre chaîne, est actuellement entendu par la police pour tenter de comprendre ce qui s'est passé dans la nuit du 9 au 10 mai dernier dans les locaux de son groupe. Il devrait

derrière elle, à l'observer
en arborant son sourire espiègle.
Elle se l'interdit. À la place, elle ferme les yeux, parcourt les draps du bout des doigts, avant de les empoigner pour les serrer du plus fort qu'elle peut. Comme pour rattraper cette dernière étreinte dont on l'a privée. Elle pourrait rester ainsi des heures durant.
À se bercer d'illusions, à s'imaginer un futur différent. Mais les news qu'elle entend dans la pièce voisine la rappellent à cette réalité qu'elle doit affronter pour avancer. Malgré la détresse, elle demeure lucide.
Elle sait que le chemin à parcourir est long et inévitable.
Sans un regard pour cette pièce où elle n'est pas sûre de revenir, Millie s'en va en fermant la porte derrière elle.
Elle longe le couloir qui mène au salon et se pose dans le canapé pour enfiler des bottines cirées.
Sur l'écran qui lui fait face, le visage standardisé du présentateur affiche une mine radieuse, tandis que les images d'une foule marchant vers Nation s'incrustent derrière lui. En tête de cortège, main dans la main, le personnel hospitalier défile aux côtés des forces de l'ordre, des pompiers et des enseignants. Secoués par un séisme commun, les affrontements ont cessé pour laisser place à l'unité. Millie regarde son invité à

se prononcer publiquement dans les jours à venir.
Cette affaire d'État, qui a causé le report des élections et déclenché la Grève Noire, nous réserve bien des surprises. Grève Noire qui se poursuit aujourd'hui pour la 25e journée consécutive. La totalité des entreprises du pays est donc fermée et seules les activités essentielles telles que l'éducation et la santé sont assurées.
Ce soulèvement populaire sans précédent prône la fin de la cinquième République pour aboutir à un modèle social plus juste, plus équitable, où les citoyens seraient au cœur du processus décisionnel.
Le mouvement de La Toupie, notamment, qui fédère déjà une grande partie de la population, encourage la mise en place d'une démocratie participative absolue, tant au niveau local que national.
Dans une dynamique similaire, le réseau des ZAC incite à créer des Zones À Cultiver. Se réapproprier les espaces artificialisés pour ouvrir des lieux de vie mêlant projets culturels, maraîchage et entraide constituerait un excellent moyen de pérenniser nos territoires tout en protégeant l'environnement.
Depuis la diffusion en direct des aveux de Philippe Nacquart, les

la dérobée. Enfoncé dans les
coussins, son corps semble avoir
oublié sa raideur coutumière.
Jack semble absorbé par les paroles
du journaliste. Millie profite
de sa léthargie pour le dévisager
un moment. Son séjour à l'hôpital
n'a pas suffi à effacer les séquelles
de sa blessure. Son teint blafard
et ses joues creusées témoignent
qu'il s'en est fallu de peu.
Paradoxalement, il paraît plus
détendu, plus naturel.
Comme s'il apparaissait
pour la première fois au grand jour.
Le présentateur évoque un nom
que Millie ne veut plus entendre
tout de suite.
– Tu peux couper s'il te plaît ?
Jack semble émerger d'un profond
sommeil et, en remarquant la jeune
femme à ses côtés, s'empresse
d'éteindre la télé.

initiatives de ce type fleurissent
aux quatre coins du pays,
possible creuset d'une société
nouvelle. Il semble qu'une
véritable révolution est en train
de se produire en France, et peut-
être même à travers le monde.
Nous restons avec vous,
en continu, pour vous
en tenir informés.
C'est également aujourd'hui
qu'ont lieu les obsèques de la
candidate Andréa Salvény, ainsi
que celles de l'ancien
fonctionnaire de police Gabriel
Breton, dont le corps a été
retrouvé au siège de Logoé
Média. Les causes de ces deux
décès sont encore inconnues et il
est impossible, pour le moment,
d'y voir un lien avec les
événements survenus
récemment...

— Désolé.

— T'as pas de chance, ils n'ont même pas parlé de toi, dit-elle en glissant son pied dans la deuxième bottine.

Il sourit tristement. Le souvenir d'Andréa traverse son esprit. Rayon de lumière dans cet océan de brumes.

— J'imagine qu'il faut mourir pour être célèbre.

— Si les flics ne t'avaient pas retrouvé à temps, tu aurais fait la une.

Jack se redresse, la douleur le fait grimacer. Quelque chose lui échappe, une question qui lui brûle les lèvres depuis qu'il s'est réveillé aux urgences.

— Tu ne m'en veux pas ?

— Non.

— Pourquoi ?

— Parce que je sais mieux que quiconque tout ce qu'on peut faire par amour, répond Millie sans réfléchir.

Un silence ponctue sa déclaration. Un silence qui brasse tant de chagrins et de souffrances que Millie y met un terme.

— Et toi, t'as pas trop le cerveau en bouillie depuis que la Sauvegarde n'est plus accessible ?

— C'est encore récent donc ça va. J'espère juste que Rastin nous trouvera vite une solution.

Millie acquiesce avant de se lever pour attraper son portable.

— J'ai reçu deux messages intéressants quand t'étais à l'hosto, dit-elle en scrollant parmi ses textos. Le premier vient d'un certain Éli Mansouri, l'ancien boss de Natsé qui gère un média indépendant. Pendant la nuit où nous étions tous à Logoé, quelqu'un lui a envoyé un mail. Il est convaincu que Natsé l'avait programmé au cas où il lui arriverait quelque chose.

— Et ça dit quoi ?

— Ça contient tout un tas d'informations, de pistes et des données qu'elle a accumulées sur le BlackNet et ses Administrateurs.

— Elle enquêtait sur eux alors qu'elle en faisait partie ?

— Même si elle ne s'est jamais confiée à moi là-dessus, je crois qu'elle a commencé à se méfier d'eux au cours de sa mission. Suffisamment pour mettre de côté tout ce qu'elle avait sur eux. Avec ça et les éléments dont il disposait déjà, Mansouri pense pouvoir identifier certains des Admins.

— OK, dit Jack songeur. Et le deuxième message ?

— Il vient d'un type qui se surnomme le Sauveur. Il me dit connaître l'emplacement du corps de Natsé et est prêt à nous aider à rétablir la Sauvegarde.

— Intéressant.

— Les Admins n'y ont plus accès, comme personne d'ailleurs, et ils ne savent pas que c'est toi qui as récupéré le code avec Rastin.

— Peut-être que s'ils l'avaient su Andréa serait toujours en vie.

— Ça ne sert à rien de se torturer, Jack. T'as entendu ce que Nacquart a dit. Ils étaient prêts à tout pour l'empêcher de parler. Ce qui est sûr, c'est qu'avec cette clé et l'appui de Rastin on trouvera une solution.

Devant le sourire de Millie, Jack se rembrunit, choisit ses mots avec précaution et pose l'autre question qui le taraude.

— Je... Je suis désolé de te demander ça, mais comment tu fais pour ne pas...

Il s'arrête, hésite, n'y arrive pas. Millie lui vient en aide.

— Pour ne pas être triste ?

Il hoche la tête en déglutissant péniblement. Une larme naît au coin de son œil. Elle s'approche de lui et enveloppe ses mains dans les siennes.

— Je le suis, Jack. Je t'assure que je le suis vraiment. À en crever même. Mais je me rends aussi compte de tout ce qu'a fait Nat. Du succès que ça a eu.

— Comment ça ?

— T'as pas écouté les infos ? dit Millie en indiquant l'écran. Les gens se prennent en main. Ils ne veulent plus qu'on décide à leur place. Ils s'organisent, ils s'unissent, ils discutent. C'est pour ça qu'elle s'est battue.

— Tu crois que ça va mener quelque part ?

C'était une vraie question. Pleine d'espoir.

— Je ne sais pas. Personne ne le sait. Mais c'est là, ça existe comme ça n'a jamais existé auparavant. Ça marque l'Histoire et ça forge les consciences. Et aujourd'hui, tout le monde est au courant pour le BlackNet, pour les Administrateurs, pour Nacquart. Donc pour moi elle a réussi. Et Andréa aussi. Maintenant, c'est aux vivants de prendre le relais. De s'engager, de rire et de profiter.

Le regard de Jack s'éloigne. Il ne fuit pas, il réfléchit. Quand il replonge dans celui de Millie, une lueur l'habite. Faible, instable, fébrile, mais elle persiste.

— Tu as raison. Elles ont réussi.

Les larmes sont effacées par une caresse.

— On devrait y aller, dit Jack à mi-voix. L'enterrement d'Andréa est dans deux heures et on a un peu de route.

— Ouais. J'ai juste une dernière chose à faire ici. Ça ira pour descendre tout seul ? Je te rejoins dans une minute.

Jack attrape sa béquille et se hisse hors du canapé à la force de son bras encore valide.

— Aucun problème, dit-il en souriant. J'en ai peut-être pas l'air, mais je suis au top de ma forme.

Le blessé se dirige vers la sortie.

— Ah, Jack ?

— Qu'est-ce qu'il y a ?

— Tu crois qu'Andréa avait fait exprès de laisser la clé USB que Nat et moi avons trouvée dans son bureau ?

— C'est possible. Comme une sorte de bouteille à la mer.

— C'est ce que je me suis dit aussi. À tout de suite.

Millie n'entend même pas la porte claquer derrière elle, les yeux rivés sur son téléphone. Elle ne sait pas si ce qu'elle s'apprête à faire illuminera sa journée ou la plongera dans le désespoir le plus total. Elle déverrouille son portable, remonte dans ses dossiers. Un mois, deux mois, un an, deux ans... Le voilà. Son pouce tremble. Elle n'ose pas. Et si c'était une erreur ? Et si cela la détruisait à tout jamais ? Tant pis. Elle appuie. Le fichier audio se lance, ravive une scène semblant dater d'hier. Sa propre voix s'élève, déformée par le haut-parleur.

— Faut bien que j'écoute pour savoir si je suis fausse ou pas. On peut y aller. Je t'aime, Amphitryon.

— Je t'aime, Alcmène.

Une boule de chagrin éclate dans le ventre de Millie.

— C'est bien là le malheur ! Si nous avions chacun un tout petit peu de haine l'un pour l'autre, cette heure en serait moins triste.

— Il n'y a plus à nous le dissimuler, femme adorée, nous ne nous haïssons point.

Les pleurs montent, la souffrance empire.

— Toi, qui vis près de moi toujours distrait, sans te douter que tu as une femme parfaite, tu vas enfin penser à moi dès que tu seras loin, tu le promets ?

— Oui, j'y pense déjà chérie.

Millie stoppe l'enregistrement, la voix de celle qu'elle aime s'évapore dans l'atmosphère de son salon.

— Moi aussi ma belle, murmure Millie. Moi aussi.
Les tremblements cessent. Les joues sèchent.
Ça va mieux.
Tout ira mieux.

FIN.

Remerciements

Ce livre n'aurait aucune raison d'être sans vous, qui l'avez lu. Donc pour cela, merci.

Merci également à Pierre Orlac'h, Nathalie Bernas et toute la team Bababam qui ont contribué à faire naître et connaître ce projet. Sans la confiance qu'ils m'ont accordée dès le départ, l'histoire de Silencio serait restée un vague projet calé dans un coin de ma tête.

Un grand merci à Simon Lauris d'avoir composé la bande originale de la fiction audio et donc de ce livre. Ce fut une aide précieuse lors de l'écriture.

Enfin, merci à Caroline Bokanowski, mon éditrice. Il faut une sacrée dose d'audace et de courage pour confier à un jeune auteur l'écriture d'un tel projet. Sans ses précieux conseils, vous ne seriez sans doute pas arrivé jusqu'à cette page.

Table des matières

Mise en pages :
Le vent se lève...

Achevé d'imprimer sur Roto-Page
par l'Imprimerie Floch à Mayenne
en septembre 2022.
Numéro d'imprimeur : 101051

Imprimé en France.